JN020638

Benelli M4 Super 90
ショットガ

タクティカル・ベスト

釘で印字したドグタグ

ヘルメット・ライト

シェル・ホル

近接通信用
ウォーキー・トーキー

シェル・ホルダー・ポー

ハンド・グレネード
・ポーチ

マークスマン仕様の
M16A4 SAM-R ライフル

分隊支援火器 FN Evolys 軽機関銃

膝パッド

■司馬部隊［独立愚連隊］兵士の装備

台湾侵攻９

ドローン戦争

大石英司
Eiji Oishi

C★NOVELS

口絵・挿画　安田忠幸
地図　平面惑星

目次

プロローグ　13
第一章　ロボット犬　19
第二章　天気予報　41
第三章　中国大返し　69
第四章　桃園沖海戦　98
第五章　兵貴神速　124
第六章　即応機動連隊　147
第七章　風の神　169
第八章　キル・ゾーン　193
エピローグ　206

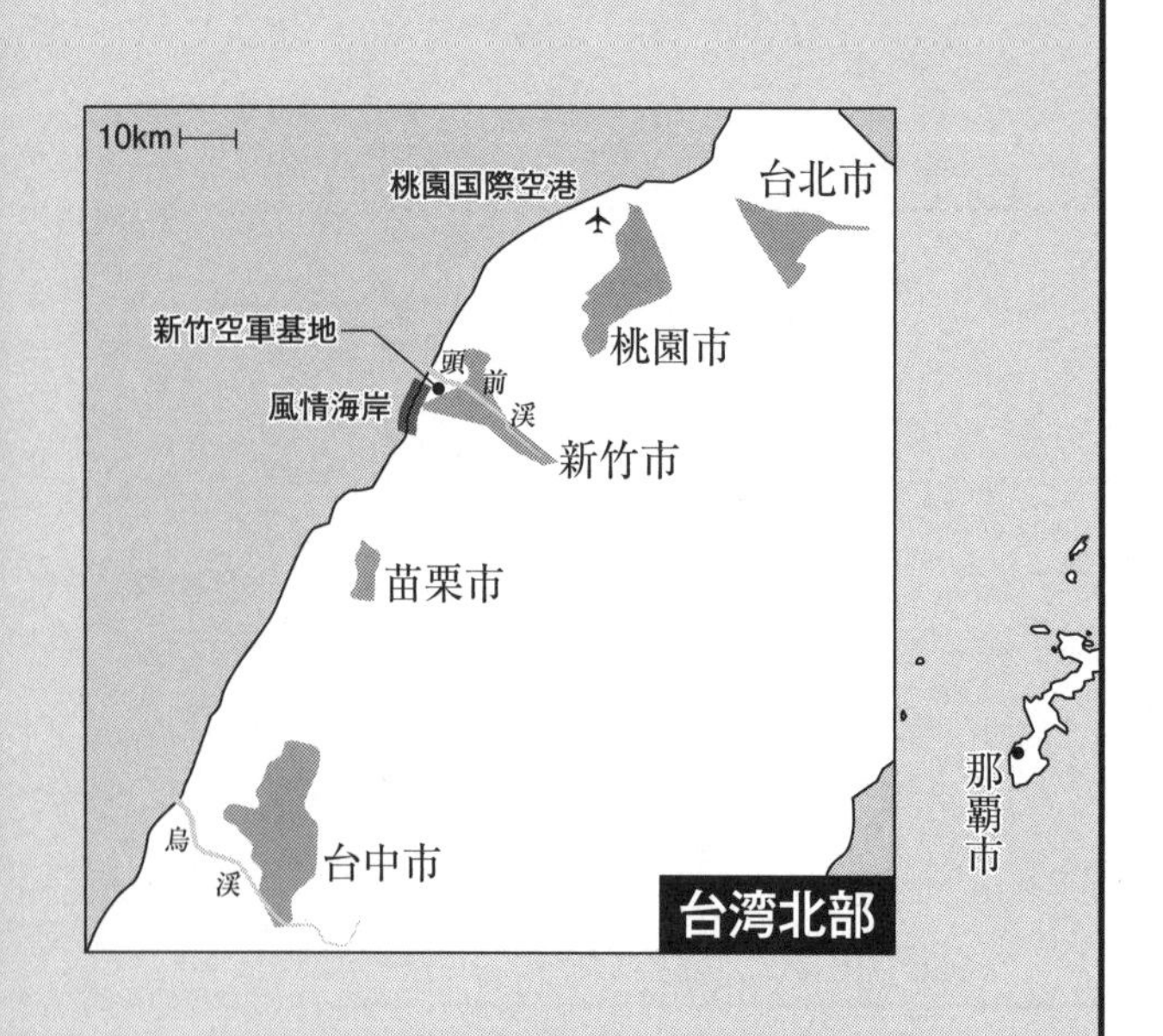
10km
桃園国際空港
台北市
桃園市
新竹空軍基地
頭
前
渓
風情海岸
新竹市
苗栗市
烏
渓
台中市
台湾北部
那
覇
市

与那国島
宮古島
石垣島
竹富島

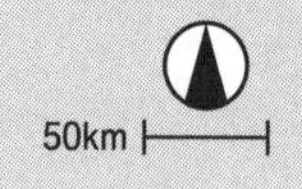
50km

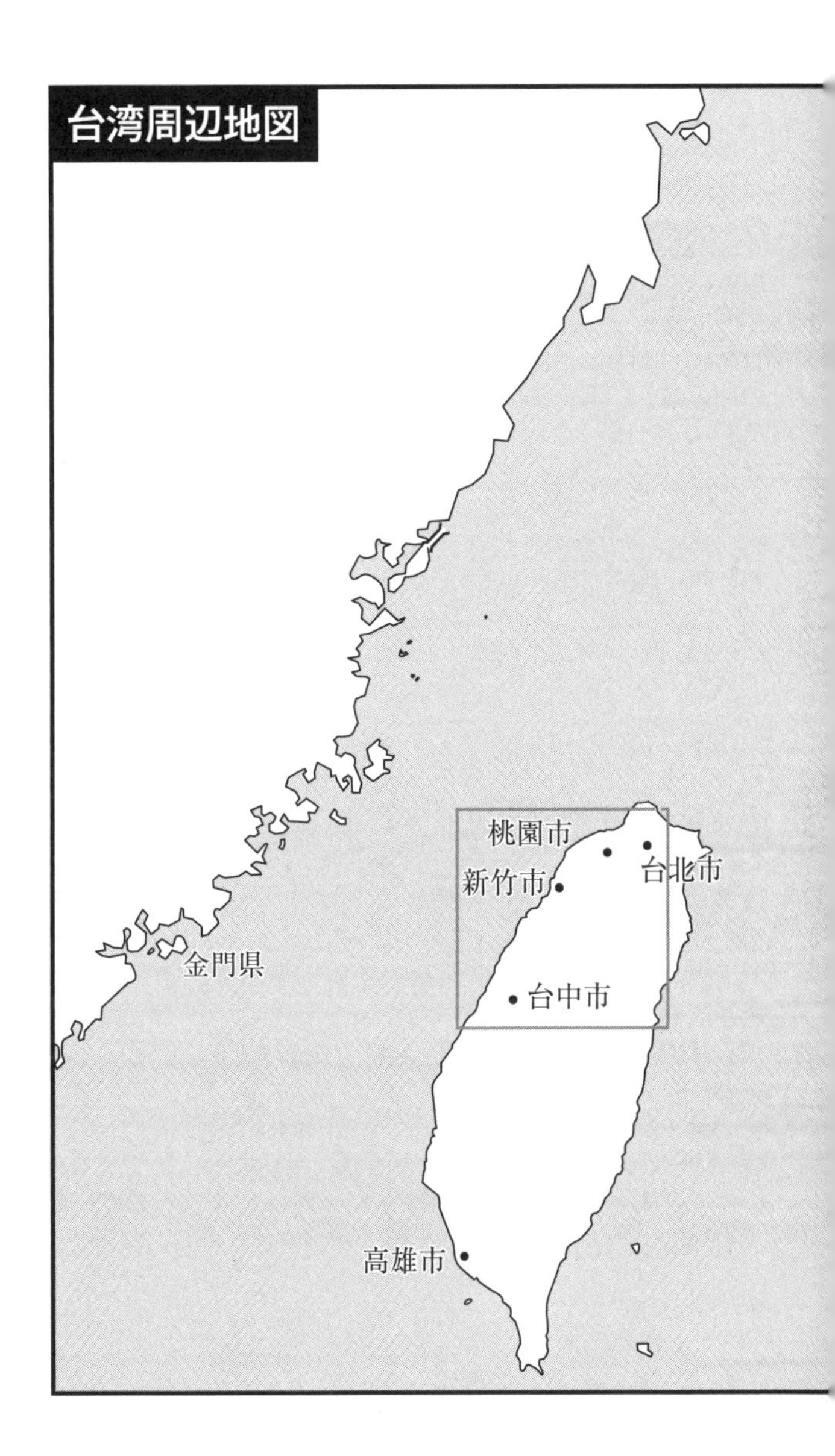
台湾周辺地図
桃園市
台北市
新竹市
金門県
台中市
高雄市

登場人物紹介

◆日本

●陸上自衛隊

《特殊部隊サイレント・コア》

土門康平　陸将補。水陸機動団長。

〈原田小隊〉

原田拓海　一尉。海自生徒隊卒、空自救難隊出身。

畑友之　曹長。分隊長。コードネーム：ファーム。

待田晴郎　一曹。地図読みのプロ。コードネーム：ガル。

田口芯太　二曹。部隊随一の狙撃手。コードネーム：リザード。

比嘉博実　三曹。田口のスポッターを自称。コードネーム：ヤンバル。

〈姜小隊〉

姜彩夏　三佐。元韓国陸軍参謀本部作戦二課。

井伊翔　一曹。部隊のシステム屋。コードネーム：リベット。

《水陸機動団》

司馬光　一佐。水陸機動団教官。コードネーム：女神。

《西部方面特科連隊》

舟木一徹　一佐。戦車隊隊長。

《第三即応機動連隊》

堤宗道　一佐。連隊長。

山崎薫　三佐。中隊長。

●海上自衛隊

《第一護衛隊群》イージス護衛艦〝まや〟（10250 トン）

國島俊治　海将補。第一護衛隊群司令。

梅原徳宏　一佐。首席幕僚。

恵比原恵　三佐。艦隊気象班長。

《第一航空群》

伊勢崎将　一佐。第一航空群第一航空隊司令。

●航空自衛隊

・第三〇七臨時飛行隊

日高正章　空自二佐。飛行隊隊長。

新庄藍（しんじょうあい）　一尉。Ｆ－15ＥＸ〝イーグルⅡ〟戦闘機で驚異的なキル・スコアを上げる。ＴＡＣネーム：ウィッチ。

〈警戒航空団〉

戸河啓子（とがわけいこ）　空自二佐。飛行警戒管制群副司令。ウイングマークをもつ。

●日本台湾交流協会

依田悟（よださとる）　台北事務所参与。民間人。

●コンビニ支援部隊

小町南（こまちみなみ）　女子大生。中国語を勉強中のコンビニのアルバイト。

霜山悠輔（しもやまゆうすけ）　桜会のコンビニの助っ人。190センチ近い大男。

知念ひとみ（ちねん）　石垣島出身で流ちょうな英語を話せる。

◆アメリカ

●空軍

エルシー・チャン　少佐。ハワイ州空軍パイロット・中国系。

◆中国

●陸軍

張偉森（ジャンウェイソン）　陸軍少佐。調達部門。

董衍（ドンイェン）　ドローンの設計が得意で航空工学の修士号をもつ。

董慶磊（ドンチンレイ）　プログラミングが得意。

董賽飛（ドンサイフェイ）　工作が得意で、フィギュアの原形師が趣味。

●海軍

《南海艦隊》

・駆逐艦〝西安（シーアン）〟（7500トン）

銭語堂（チィエンユイタン）　大佐。艦長。銭国慶とは従兄弟されるが、実は兄弟。

・フリゲイト〝南通〟（4050トン）

銭国慶（チィエンクゥオチィン）　中佐。艦長。銭語堂の弟。

《東海艦隊》

・075型強襲揚陸艦二番艦〝華山（ファーシャン）〟（40000トン）

唐東明（タンドンミン）　海軍大将（上将）。東海艦隊司令官。

馬慶林（マチンリン）　大佐。東海艦隊参謀。

・ＫＪ－600（空警－600）

浩菲（ハオフェイ）　海軍中佐。空警－600のシステムを開発。

・J－35部隊

火子介（フオツージエ）　海軍中佐。テスト・パイロット。

・Y－9X哨戒機

鍾桂蘭（チォンクイラン）　海軍少佐。ＡＥＳＡレーダーの専門家。

《第164海軍陸戦兵旅団》

姚彦（ヤオイェン）　海軍少将。第164海軍陸戦兵旅団を率いる。

万仰東（ワンヤントン）　大佐。旅団参謀長。

雷炎（レイイェン）　大佐。旅団作戦参謀。天才軍略家の異名を持つ。

程帥（チェンシュアイ）　中尉。技術将校兼雷炎大佐副官。

●S機関

張高遠（ツァンガオユエン）　博士。深圳の極秘研究機関所属。

●上海国際警備公司（S.I.S）

王凱（ワンカイ）　陸軍中佐。隊長。

火駿（フオジン）　少佐。副隊長。

劉龍（リウロン）　曹長。通信担当。

●その他

呉雷（ウーレイ）　博士。若き気象工学の専門家。

◆台湾

●陸軍

《第6軍団》

蔡怡叡（ツァイイーレイ）　中尉。司令部付き通信士官。

《第10軍団》

頼若英（ライルオイン）　陸軍中佐。作戦参謀次長。

黄九雲（ファンジューヤン）　中尉。所属中隊が全滅し、参謀部直属に移管。

《陸軍第601航空旅団》＝別名〈龍城（ロンチャン）部隊〉

平龍義（ピンロンイ）　少佐。第1中隊長。

藍志玲（ランチーリン）　大尉。戦闘ヘリ・パイロット。コールサイン：マリリン。

田子瑜（ティエンズーユイ）　少尉。新米士官。藍志玲大尉と前席射撃手（ガナー）として組む。

●海軍

《第168艦隊》

鄭英豪（ジェンインハオ）　海軍大佐。艦隊司令。管轄は蘇澳。

・沱江（トゥオジアン）級コルベット二番艦〝塔江〟（685トン）

柏旭（バイシー）　中佐。艦長。頼国輝とはライバル関係。

・沱江（トゥオジアン）級コルベット三番艦〝富江（フウジアン）〟（685トン）

頼国輝（ライグオフイ）　中佐。艦長。海軍作戦本部参謀補佐。代々海軍の家系で、父は著名な海軍提督、姉は頼若英中佐。

莫立軍（モーリージン）　少佐。副長。

●台湾軍海兵隊

《第99旅団》＝〈鐵軍部隊（アイアン・フォース）〉の愛称をもつ

陳智偉（チェンヂーウェイ）　海兵隊大佐。一個大隊を指揮する。

黄俊男（ホァンジュンナン）　中佐。作戦参謀。大隊副隊長。フロッグマン部隊出身。

呉金福（ウージンフー）　少佐。情報参謀。

王一傑（ワンイージェ）　少尉。台湾大学卒のエリート。予備役将校訓練課程出身。

劉金龍（リウジンロン）　曹長（上士）。コードネーム：ドラゴン。

●独立愚連隊

柴子超（チャイツーチャオ）　伍長。コードネーム：ヘネシー。アルファー小隊を率いる。

郭宇（グオイー）　伍長。コードネーム：ニッカ。ブラボー小隊を率いる。

賀翔（ホーシァン）　二等兵。コードネーム：ドレッサー。

崔超（ツイチャオ）　二等兵。コードネーム：ワーステッド。

●その他

頼筱喬（ライシャオチャオ）　陸軍臨時少尉。故頼龍雲（ライロンユン）陸軍中将の一人娘で、台北に飲茶屋を開いたが、徴兵に志願。

王文雄（ワンウェンション）　海兵隊少佐。台日親善協会と国民党の対外宣伝部次長。

高慧康（ガオフイカン）　医師。高文迪の父で外科医。

〈桃園の郷土防衛隊〉

李冠生（リーグワンション）　陸軍少将。金門（ジンメン）の烈嶼（リエユー）守備大隊の指揮官を歴任。

楊世忠（ヤンシージョン）　少佐。軍歴三十年で孫もいるベテラン。

〈国土防衛少年烈士団〉

依田健祐（よだけんすけ）　父親は日本台湾交流協会参与。私立中学校（国民中学）の生徒。

高文迪（ガオウェンディ）　依田健祐の親友。外科医の父を持ち、クラスのリーダー格。

台湾侵攻9　ドローン戦争

プロローグ

頼筱喬(ライシャオチャオ)は、ボランティア・グループの一人として手伝っていた防空壕での朝飯の片付けを終えると、地上へと出た。防空壕と言っても、ここ台(タイ)北(ペイ)の防空壕はどれも巨大だ。地下鉄駅の延長あり、ビルの地下施設あり。

快適というほどではないが、それなりのトイレに換気設備、救護所に非常用電源も一部設営されている。ウクライナ戦争を受けて、それらの防空壕施設は総点検の上、さらに強化されていた。

今は、国外脱出し損ねた地方の住民や、解放軍が空挺降下して戦場と化した桃園地区からの避難民で、それら防空壕もごった返している。

日本・与那国島(よなぐにじま)への海路の脱出ルートは今も維持されていたが、二〇〇〇万もの国民をそのルートで避難させることは出来ない。空港は早くに攻撃され、空路は閉鎖されていた。

台湾空軍は、台湾本島の航空優勢を回復しつつあったが、それでも民航機が飛べる状況には無く、もちろん、国民全員を避難させる意思は総統府にはなかった。

誰かが、この島に踏み留まり、血を流して戦う必要があった。

空は、少し曇っていたが、太陽の在処はわかった。雨が降るような天気ではなさそうだった。だが、地上に出ても人影はまばらだ。総統府までほんの一キロもないこんなオフィス街ですら人影はまばらだった。

長沙街(チャンシャージエ)二段の大通りには、所々大型バスが止まっている。夜通し、警備に就いていた郷土防衛隊の兵士達が、そのバスの中で仮眠を取っている。

そのバスの所だけ、防空壕から外の空気を吸いに出てきた人々で、人だかりが出来ている。バスの車体には、届いたばかりの壁新聞がガムテープで貼ってあった。

電気もラジオも、もちろんネットも使えない状況で、壁新聞のみが情報の拠り所だった。コンビニでプリントされ、ボランティアが走り回ってあちこちに貼っている。

昨夜の戦闘の状況がニュースだった。台湾半導体の中心部新竹(シンヂュー)での攻防や、大陸側に寝返った台中(タイジョン)市への包囲作戦の開始、そして、桃園(タオユエン)国際空港を巡る少年烈士団の活躍が載っていた。

とりわけ、空港を守っていた少年烈士団の活躍は、白黒とは言え、写真入りで大々的に報じられていた。

半世紀前のM‐16小銃を預けられた中学生らが、空港の何カ所かにドローンで降りてきたロボット犬相手に果敢に戦いを挑み、それを破壊したというニュースだ。

その破壊したロボット犬を前に記念写真に収まる少年たちのぎこちない笑顔が印象的だった。

ジュネーブ諸条約は、少年兵の戦闘参加を禁じていたが、総統府には、それを隠す意図も無かった。事実、台湾は、子供にも銃を持たせるしかない厳しい状況に陥っているのだ。

スマホでネイバータッチ・アプリを起動すると、すでにその話題で占められていた。もとは、日本で情報工作するために中国の情報当局が開発して日本で流行らせたアプリだった。ブラックアウトした日本では、これが唯一の情報源となり、中国は、偽情報を流して日本の世論を煽った。今は、無害化されたものが日本から提供されて動いている。

　スマホのワイファイ機能を使って情報伝達するピア・トゥ・ピア型のアプリだ。スマホの充電が出来て、人口がそこそこ密集している場所では便利に使える。時間は多少掛かってリアルタイムというわけにはいかないが、街の端から端まで、それで情報をやりとりすることが出来た。

　今夜のイベントに関する情報も流れていた。高さ五〇九メートルを誇る東洋一の超高層ビル台北101ビルで、ライトアップ・イベントが行われるということだった。

　日本がサイバー攻撃でブラックアウトした時、東京タワーに自家発電車を集めてライトアップして国民を勇気づけたのを真似してのイベントらしかった。

　中華路(ジョンファルー)一段には検問所が出来ている。道路上には、一〇〇メートル置きに兵士が立っていた。

　検問所で、手書きの出頭命令書を出して東側へと渡った。そこからほんの四〇〇メートル足らずで、総統府だ。道路の両側に防御陣地が作られ、戦車が何両も止まっていた。

　視界に入るだけで二〇〇名前後もの兵士達が、総統府へと続く一本道に蠢(うごめ)いていた。

　台湾憲兵隊司令部に出頭すると、若い女性たちの行列が出来ていた。紙切れを見せると、「技能者はあっちだ」と指示された。

　道路を挟んだ国軍英雄館のフロアに、徴募兵事務所が出来ていた。

　テーブルがいくつも並び、ここでも、民間人が行列を作っている。ほとんどが女性だ。だが、憲兵隊司令部側と違い、こちらは少し平均年齢が高そうだった。

紙切れを見せると、別室に案内された。無人の机に座って待っていると、初老の男性が現れて座った。軍曹の階級章を付けた退役軍人だった。

「ええと……、頼筱喬さん？」

頼は、手書きの履歴書を差し出した。

「日本の大学に留学後、しばらく向こうで仕事……。仕事は何を？」

「レストランの手伝いです。厨房から経営まで。帰国してから、観光客向けのレストランを開業しました」

「ほう！　その若さで。偉いね。商売はどう？」

「開店翌日に、戦争が始まりました」

「そりゃ気の毒だったね。日本語の特技があるということで、実は通訳に困っている。軍の司令部で――、自衛隊さんとのことだけど、お互い片言の英語で意思疎通は出来ている。だが、ここ台北にも陸上自衛隊の部隊が配置されるとかで、現場部隊となると、お互い、酷い英語でやりとりする羽目になる。かと言って、インテリはみんな国外に逃げたし……、日本語が喋れる世代はほとんどが墓の中だ。一応、これは志願という形になるが、貴方は、アマゾネス部隊でも戦闘部隊を志願したんだって？」

「はい。父がずっと陸軍におりました。なので、抵抗はありません」

「あ、そう！　じゃあ階級章も読めるんだね」

「はい。軍曹――」

「それは大助かりだ。正直、ある程度は地理や台湾の習慣にも慣れている大卒の人間をサポート役として付けたいからね」

軍曹は、引き出しを開けて、陸軍少尉の階級章を出した。

「では、頼筱喬陸軍臨時少尉を任命する！　カウンターパートと対等に付き合うための階級だ。軍曹が士官を任命するのも変な話だが。ここ台北の戦いで自衛隊に出番はないから、君が戦場に出向くことはまあ絶対に無い。自衛隊は台北見物して引き揚げることになる。いわゆるドグタグの類いは要らないと思うが……」

「父の形見のドグタグを首に下げています。血液型も同じですから」

「そう。上の階で、自衛隊から提供された女性兵士用の戦闘服がある。それに着替えて、道路を渡ってくれ。あのほら、釣り鐘がある所……」

「西本願寺（シーベンユエンシー）ですね？」

「そうそう。そこから、要所要所を回る臨時バスが出ている。この紙を見せると、君専用のタクシーに乗れる。そのタクシーは、検問所を誰何（すいか）無く通過できる。日本の部隊がどこに集結しているかは実は私も聞かされていないんだ。だが、誰かが知っているだろう」

　軍曹は赤字で「緊急、ＶＩＰ！」と書かれたスタンプを押して手渡した。

「この戦争はどうなります？」

「ああ、もう勝ったようなもんだろう」

　軍曹は、満面の笑顔で上体を反らし、自信ありげに頷いた。

「空軍は制空権を回復したし、中国海軍は沿岸部に引き籠もったまま。そら米軍が出て来ないのは残念だったが、われわれは自力で敵を撃退した。緒戦でここ台北を落とせなかったのが全てだったな。ウクライナと同じだ。敵はもう時間稼ぎ程度のことしか出来ない。だが、ロシアと違って資源も無い大陸は、経済制裁を喰らって何ヶ月もだらだら戦争は出来ないさ。われわれの勝ちだよ。貴方も不運だったが、来月には、商売を再開できているさ」

軍曹は、最後に敬礼の練習をして彼女を送り出した。

筱喬は、微かに記憶していた。幼い頃、たまに制服を着る父親に向かって敬礼したことを。

別室で、陸上自衛隊のモスグリーンのTシャツや戦闘服を貰って着替え、階級章を付けてもらった。手伝ってくれた女性が、「あんたいきなり少尉とか、お医者なの？」と聞いて来た。

彼女には少し窮屈なサイズだったが、階級章を付けるとそれなりに様になった。血は争えない。軍人の子として、父が存命なら誉めてくれただろうか？……。あとは、軍で父を知っていた連中に見つからないことだ。面倒なことになる。

戦場に出ることまでは望まない。自分はそんな訓練は受けていないし、たぶん父ほどの覚悟もないだろう。だが、祖国のために働くのは、自分の使命だと思った。周囲は、みんな戦っているのだ。自分だけ毎日、食料を運び、老人の世話をしているわけにはいかなかった。

南シナ海東沙島（ドンシャーダオ）への解放軍奇襲に端を発した戦争は、尖閣諸島へと拡大し、台湾全土への解放軍部隊の上陸という形で、すでに二一日目、三週間が経過しようとしていた。

日本はこの戦争に、徐々に介入し、台湾空軍と共に大陸本土への攻撃を敢行し、今では台湾本土に陸自水機団を展開させ、解放軍部隊と激しい戦闘を繰り広げていた。

第一章　ロボット犬

台北から南西四〇キロに位置する桃園国際空港は、台湾の空の玄関として発展してきた。南北に走る滑走路二本に、ターミナル1、2、3が挟まれるわかりやすい構造の空港だ。

二〇〇八年の、大陸とのいわゆる三通政策が始まって以来、大陸との窓口としても発展してきた。今は台北との高速鉄道も開通し、ますます栄えている。

開戦と同時に空港は閉鎖され、駐機していた旅客機も国外へと退避した。解放軍は、ここに弾道弾や巡航ミサイルを発射して、まず滑走路を潰し、次に空挺を降下させて奪取しに来たが、郷土防衛隊の活躍によって、どうにか空港の敷地自体は守られていた。

その攻防はすでに二日以上続いていた。解放軍部隊は、日中は、空港近郊の民家や工場内に潜み、暗くなると仕掛けてくる。

台湾軍には、日中にローラー作戦を掛けて敵を殲滅（せんめつ）するような余力は無く、ひたすら郷土防衛隊を立て籠もらせることで守っていた。

昨夜は、民間軍事会社の傭兵部隊と、空から降りてきた軍用ドローンで危うい所だったが、駆けつけた海兵隊部隊が間一髪間に合って救われた。

立て籠もる兵士たち、そして少年兵らは、毎晩、命からがらの厳しい状況に置かれていた。

　少年烈士団は、二日前は、流れ弾が飛び込んでくる陣地の中で一晩怯える羽目になり、ついに昨夜は、空港敷地を守るための塹壕に入らされ、ロボット犬と撃ち合う羽目になった。

　そのロボット犬二台を倒した私立中学生からなる少年烈士団の面々は、夜が明けると、だだっ広い滑走路エリアで、倒したロボット犬を前にして記念写真を撮り合った後、第1ターミナル・ビルに引き揚げ、まず泥だらけの服を着替えた。

　滑走路に沿うように掘られた塹壕には水が出て、膝下はずっとどろ沼の中。すでに塹壕足状態の子供もいた。

　濡れた靴の代わりは無かったが、乾いた靴下とサンダルがあった。そして、一階の出発ロビーに降りて、ようやく朝飯となった。

　そのロビーでは、昨夜、ロボット犬が一頭侵入して殺戮を繰り広げた。まだあちこちに飛び散った血痕が残っていた。

　酷い夜で、皆空腹だったが、まだアドレナリンが出まくっているせいで、食欲はたいして無かった。皆、栄養ゼリー一本で十分だという感じだった。

　郷土防衛隊を指揮する李冠生（リーグワンション）陸軍少将が現れ、少年たちを励まして回った。

「昨夜はご苦労だった！　アメリカ大陸は丁度、夕方から夜だが、三大ネットもＣＮＮも、君たちの話題で沸騰しているそうだ。総統府からは、帰国して戦闘参加を希望する在米台湾同胞たちの電話が増えているという報せが届いている。それと、昨夜、あの塹壕には、何校かの生徒たちが陣取っていたが、逃げずに戦うことを選択したのは、君たち私立学校の諸君達だけだった。君たちは、将来の台湾リーダーたる資質を備えている！　非常に危うい戦いだった。私は、第一報を聞いた時に、塹壕に死屍累々と横たわる君たちの姿を想像して心臓が止まりかけたよ……。だが、非常に機転の利いた、見事な戦法だった。恐らく、われわれもその戦法を取り入れることになるだろう。

日本人少年！——、依田健祐（よだけんすけ）君よ。総統府からとりわけ、君個人に、感謝の言葉を伝えてくれとのことだ。個人的にも、君の機転の良さにみんなが救われたことに感謝したい。君が台湾国籍を選択するなら、士官学校にも入れるし、日本国籍を選択しようが、台湾大学でも、望む大学への入学許可が与えられるだろう。だが、まずは生き残ることが大事だな。気分はどうだ？」

「あの……、僕らいつまでここに？」と健祐は正直に尋ねた。

「なんだ！　情けない。英雄が口にすることか？」

待合室の長椅子で健祐の隣に座る高文迪（ガオウェンディ）少年が肩を小突いた。昨夜の戦いは、健祐の機転で救われた。相手がロボットだとわかると、フレーム問題を起こして判断ミスを誘い、その隙に攻撃すれば良いと提案したのだ。結果、全員で塹壕の中に身を隠したまま発砲してマズル・フラッシュで囮となり、ＡＩが判断に迷っている隙に撃ち倒した。

「それはもっともな質問だ。幸い海兵隊の増援が入り、ここは安全になりつつある。海兵隊がいつまで留まってくれるかこれから協議するが、昨夜のようなことはもうないだろう。ここは居心地は良いが、戦場であることには変わりないので、なるべく早くに後退できるように手配する。君たちは十分に戦ってくれた。感謝の言葉しかない。しばらくは興奮して眠れないだろうが、とにかく、ゆっくりしてくれ。それと、食い物は食える時に食っておけ。それが戦場の鉄則だ。次の食事も得られるとは限らない」

李将軍は、海兵隊の指揮官が正面ゲートから現れたことを視界の端に捉えると、少年らに向かって仰々しい敬礼をしてその場を去った。

海兵隊《第99旅団》＝〈鐵軍部隊（アイアン・フォース）〉の愛称を持つ兵士たちは、この戦争で最も長く戦っている部隊だった。東沙島では、解放軍の奇襲上陸を迎え撃ち、島の端っこに立て籠もった後に、海上自衛隊と味方潜水艦の二隻に分乗して島を脱出した。

〝キスカ作戦〟と命名された脱出作戦は見事に成功し、彼らは英雄として迎えられた。そして、台北北部で、養生を兼ねた部隊再編中に、東沙島で相まみえた敵がまたも現れ、激しい交戦となった。

後に、〝淡水（ダンシュイ）の戦い〟と呼ばれることになる戦闘では、たまたま近所で隠退生活を送っていた李冠生大佐が、郷土防衛隊の指揮を取ることになり、海兵隊と共に敵を撃退したのだった。背広姿のまま戦った李は、その淡水の戦いの英雄的指導者だった。

海兵一個大隊を指揮する陳智偉（チェンヂーウェイ）大佐は、李にむかって、「昇進お目出度うございます！」と敬礼した。

「皮肉は止してくれ」

「いえ。貴方こそ、前線部隊を率いるに相応しい人物です」

「王（ワン）少尉の派遣に感謝するよ。しかも迫撃砲部隊まで付けるなんて、至れり尽くせりの慧眼だ。海兵隊を見直したよ。君らはここに留まってくれるのだろうね？」

「そのことなのですが、少し複雑な事情があります」

李は、一行をターミナルの端っこにある指揮所へと案内した。作戦テーブルの上には、昨夜捕獲した軍用ロボット犬〝ケルベロス〟が二体乗っていた。一体は、リチウムイオン電池に火が点いて真っ黒焦げだった。もう一体も、胴体部分はへこみだらけ、銃痕が無数にあった。

「これが噂のケルベロスですか……」

「このターミナルに押し入り、殺戮しまくった。しかし後ろから兵士が抱きついて羽交い締めにしてどうにか電源を落とした奴もいて、それは全く無傷で鹵獲できたので、朝一で台北へと送ったよ。楊世忠少佐、説明してやってくれ」

「はい。この黒焦げになったのは、空港南東端に降下して、少年烈士団を襲った奴です。少年が撃った弾が、まず関節部分に命中し、動きが鈍くなったところを更に銃撃、最後はリチウムイオン電池に火が点いて燃え上がりました。この穴だらけの一体は、こちら側で、陣地の中に飛び込んで来た奴です」

「こんなに何十発も喰らわせなければ倒せなかったのですか？」

「いえ、致命傷を与えた後に、殺気だった味方が十字砲火を浴びせたせいです。子供たちの方が遥かに冷静だった。首のヘッド部分から、測距用の赤いレーザー光を出して威嚇します。別に可視光線にする必要はないはずですが、あれは恐怖でしたね。自分がＳＦ映画の中に放り込まれたような恐ろしい経験だった。子供たちは、身体も銃口も塹壕に隠れたまま、空へ向かって銃を連射し、その大量のマズル・フラッシュでロボット犬のＡＩを幻惑させている隙に、他の数名が連射することでこいつを倒しました。次からは、われわれもそれを真似るよう、すでに命じてあります」

「なるほど。咄嗟の機転で、中学生がそんなことを思い付いたのですか？」

「若者ならではですね。われわれみたいなジジイには無理です」

李将軍は、ボールペンのペン先でロボット犬を突きながら「こちらで駆逐したロボット犬は合計六体……」と口を開いた。

「二七名が戦死、うち二人は少年と教師だ。一〇〇名近くが負傷、戦線復帰不能なレベルでの負傷だ。恐らく、数体が空港からどこかに逃げたはずだ。情報部からの報告では、あちらのメーカーはまだ一〇〇体前後を持っているらしい。ほら、ここを見てくれ。背中に窪みがあるだろう。首を折りたたむとすっぽりこのへこみに収まる。逆関節型の四本足は全て折り畳み式。つまり、このケルベロスは、脚と首を折りたたむと、ただのボックス型の荷物になる。弁当箱のように折り重ねての空輸も可能な作りになっている。今回はたまたま一体ずつの空輸だったが、次はわからない」

「レーダーには引っかからなかったのですか？」

「ドローンは海面すれすれを飛んで来た。しかもあのサイズであの速度だ。戦闘機のレーダーは、大型の鳥かノイズだと判断したらしい。ところで、君らが手こずった姚彦（ヤオイエン）の敵部隊はどうなったんだ？　投降でもしたのか？」

「消えました。そろそろ、負傷兵などの残存部隊が投降してくるはずです」

「消えたとはどういう意味だね？」

「恐らく、新竹に兵や弾薬を補給している潜水艦を利用しているのでしょう。旅客機サイズで、中隊規模の兵を楽々と収容できるのでは？　という噂ですが」

「初耳だな」

「そうですね。自分もびっくりです」

その潜水艦による脱出を昨夜見届けた陳大佐は、何喰わぬ顔で言った。そして、ホワイトボードに貼られた白地図の前に移動した。

「それで、その潜水艦で脱出しただろう敵ですが、恐らく本国へは引き揚げずに、今も、沖合を移動中のはずです。基隆（キールン）から東は、十分な哨戒活動がなされているので、潜水艦が行動出来る余地はない。問題はこちら側で、航空優勢を確保したとはいえ、哨戒機が飛び回るのはまだ危険です。その接近は、目視で警戒するしかない。日中の接近上陸はないと思いますが、わが部隊は、淡水河口南岸より、新竹手前までの五〇キロの沿岸警備を命じられました」

「五〇キロの海岸線をたったの一個大隊で？」

「郷土防衛隊はいますし、道路は生きている。それに、新竹周辺は、自衛隊を含めて味方部隊が大勢展開している。淡水河口付近は陸軍が展開しているので、実際は、われわれはここ桃園を中心にして沿岸部を守ることになります。なので、ご迷惑でなければ、われわれも近くに指揮所を開設させていただきます」

「それは有り難い。なら、空港東端の警察詰所を使ってくれ。あちら方向がどうも手薄でね。例の、上海国際警備公司（S・I・S）の傭兵が潜んでいるのもそっちだ。昨夜もそこから攻められた」

「了解です。ただ、もし、次の空挺作戦があった場合、われわれの戦力だけでこの空港を守り切れるかどうか……。ロシアはキーウ攻略で早々と空港制圧を放棄しました。あれは戦術的に大失敗だった。制圧できるまでしつこく兵力の投入を続けるべきだったと、解放軍の論文で書かれたものを読んだばかりです。恐らく敵は、この空港の奪取を諦めないでしょう」

「私も同感だ。台北の連中は、ここの防備をわざと薄く見せつけて敵を挑発している。実際に薄いのは事実だが。新竹の方はどうなっているか聞いているかね?」

「自衛隊は明け方、サイエンスパークの隣にまでは取り付いたようです。非武装都市宣言した台中も、自衛隊の援護を受けつつ、陸軍が街中へ侵攻中だと聞きます。ビラを撒きながらね。海峡に雲が張り出しつつあるようですが、艦隊がまた渡ってこられるとも思えません。次の作戦があるだろうことは覚悟すべきとは言え」

「中国海軍が渡洋作戦準備中だという情報が修正も撤回もされていないのはなぜだ?」

「例の一般警報ですか? わかりませんね、全く。こちらは海峡上空の航空優勢も確保し、中央山脈の東側には、いつでも空対艦ミサイルを撃てるよう、戦闘機や哨戒機が待機しているし、米海兵隊のNSM部隊も山中に展開している。敵艦隊は、水平線上に姿を見せた瞬間に七面鳥撃ちになる。秘策があるようには思えませんが……。単に、われわれを脅すためにやっているのかも知れませんが」

「楽観は禁物だな。少なくともここでは、毎日毎晩、想定した以上のことが起こっている。敵は何かを企んでいるとみた方が良いだろう。第3梯団の上陸は必ずあるぞ」

「わかりました。将軍がそう仰るなら、敵艦隊がまた海岸に押し寄せて来る前提で警戒させます。お互い、淡水のあの修羅場を経験した。うちの部隊はやってくれますよ」

「覚えておいてくれよ。私の郷土防衛隊の平均年齢は、たぶん君の兵隊のそれの三倍近いということを」

「そんなに? せいぜい二倍くらいではないですか? にしても、あの世代は、ちゃんとした兵役を務めている。数週間の見習いでシャバに戻った若い世代とは違いますよ」

「それは言えている。お互い、通信兵付きの連絡将校を派遣し合おう。私としては、君らがここから移動せずに済むことを祈るよ」

「自分もです。兵は十分、休息を取りましたが、敵は必ずこの近くに再上陸してきます。せいぜい大隊規模でも手強い相手です。ぜひ自分が相手をしたい」

「大佐ほどではないが、彼らの手強さは、私も知っているとも……」

　と李は笑った。淡水の戦いでは、郷土防衛隊とは名ばかりの地元の民間人が二〇〇名以上、戦死することになった。敵の進撃をしばらく足止めは出来たが、殲滅したわけではない。自分が淡水の英雄だなんて、戦死者の手柄を横取りする冒瀆行為だと思った。


　エアラインのカウンターを挟んだターミナルの反対側には、コンビニ店があり、そこにも日本人がいた。東京本社から派遣されたアルバイト・スタッフだった。彼ら彼女らは全員、ブラックアウトした東京で、自家発電や太陽光発電で店舗を維持し、大都会のロジ拠点としてコンビニを回し続けたタフなスタッフだった。

　総統府から日本政府への正式要請があり、そのノウハウと救援物資を持って駆けつけた。途中二度も、偶然中国軍のミサイル攻撃に遭遇して死にかけたが、台北、桃園市内の店舗を立ち上げ、とりわけここ桃園では、夜盗が出没して治安が悪化した状況を一晩で建て直した。

　持ち込んだ衛星携帯でネットを繋げ、店舗の灯りで地域住民を励ます行為は効果絶大だった。その立ち上がった店舗の最前線が、ここ桃園空港内の店舗だった。

　小町南（こまちみなみ）は、世田谷のぼろアパートで暮らす女子大生。3・11の大災害で家族全員を失った天涯孤独の身の上だ。中国企業に就職するつもりで北京語を勉強中だった。危険手当付きのバイト料に魅せられて、その派遣チームに参加した。石垣島出身の知念ひとみは、米兵との間に生まれた子供を持つシングル・マザー。娘の修学旅行費用を稼ぐために参加した。男性の霜山悠輔は、就職浪人中の元アメフト学生。彼の手榴弾投擲で、敵を撃退したこともあった。そして、歌舞伎町店舗で飲んだくれを相手にしていた石塚宏悦は、めっぽうもめ事に強い。

皆、今では百戦錬磨のベテラン・スタッフだった。彼ら彼女らはありとあらゆる業務をこなした。通常のコンビニ業務はもとより、壁新聞の貼り出しから炊き出し、台湾人スタッフの教育訓練まで。

知念は、スマホのラインを繋いで、一人娘と連絡を取っていた。

朝一でターミナル中に貼り出す予定の壁新聞をプリントしながら、小町は、「娘さんには、どこにいることにしているんですか？」と尋ねた。

「正直に、台湾にいると話してあるわよ。でも、安全な台北にいることにしている」

「今は娘さん、お一人なんですよね？」

「ええ。でも私はもともと深夜番勤務が多かったから、とくに心配はしてないわ。底辺の公立学校に通っていると、そんな子ばかりよ。うちはまだ給食費を払えるだけましよね。補助は貰っているけれど。変だと思わない？　一日八時間、週五日働いても、私たちの稼ぎは、たかだか一五、六万にしかならないのよ？　それっぽっちの稼ぎなのに、年金や健康保険にも入れますよ？　会社が半分払うからお得ですよ？　なんてどうかしているわ。このバイトがそんなに美味しかったら、学生バイトは、みんなコンビニに就職しているわよね？」

「そうですね。でも、このバイトよりましな仕事もそんなに無いから……」

「パパ活とかどうなのよ！　私、もう十歳若くて、南ちゃんの半分くらい可愛かったら絶対パパ活で稼いでいるわ！」

「はあ……。私、あんまり人と関わるのは苦手なんで……」

小町と知念は、この空港で撮られた少年烈士団の記事をプリントしていた。Ａ３版記事の上半分が、ロボット犬を仕留めた少年らの写真で占められている。昨夜の大混乱とロボット犬の殺戮を想い出すと、とても勇敢な行為だとは思えなかった。現に、烈士団を率いていた教諭と少年が一人亡くなっていたのだ。

もちろん、記事ではそんなことには一言も触れていなかった。

「この子、死ぬわよねぇ……。ここから出たいと言えば出来るのに、こういう時って、男の子は見栄を張りたがるから」

「知念さん、正社員になりたいですか？」

「私、島暮らしから沖縄本島に出ただけで驚いたのよ。それが今、東京暮らししているだけでも苦痛なのに、毎日満員電車になんか乗れないわ……。南ちゃんは良いわよねぇ。いえ、そりゃ貴方に起こったことは悲劇だけど、若い貴方には無限の未来がある。何でも好きなこと、やりたいことにチャレンジできるじゃない。私は何をやるにしても、娘のためだから。でも後悔はないわ。私が貴方くらいの頃には、とにかく無茶苦茶な人生を送っていたから。やりたいことは若い頃にやり尽くした。娘が奨学金を貰いながらでも大学に通って、まともな給料が出るそこそこの企業に就職できて、孫を抱けたら、それで私の人生は満足よ。でも、南ちゃんには、良い人生を送ってもらいたいわね。別に家庭に籠もる必要はないけれど、亡くなった家族の分まで幸せになって、良い家庭を作って。たまに、家に呼んで欲しいわね。子供相手に、なんとかちゃん、すっかり大きくなって！　とか言いたいじゃない？」

「まだ二〇年は掛かりますよ」

「じっと待つわよ。遅かれ早かれ、娘は巣立っていく。たぶん、大学生とかになったら、自分でバイトを始めてある日突然出て行くわ。そしたら、孫が出来るまで私は惨めに一人で暮らすのよねぇ……。だからね、南ちゃん。一人は絶対にダメよ？　孤独は人間を殺す。貴方は良くわかっていると思うけれど、良い人が出来たら紹介して頂戴。私、いろいろ遊んだから、男を見る目には自信があるつもりよ？」

「その時が来たら、想い出します」

　プリンターが割り込みを受け、会社からのバイナリー・メールをファクシミリとして吐き出した。日本のブラックアウトでは、会社の専用回線のFAXが大活躍したが、そんな古い機械が生きているのは日本だけだ。こちらでは、ペーパーの情報をやりとりすることに苦労していた。

　会社からのメールで、天気予報だった。日に最低二度、簡単な天気予報を送ってくる。夕方は、日本の〝ひまわり〟の画像も添付されることがあった。住民も兵士も、情報に飢えている。天気予報でも何でも良いのだ。

「外は曇っているけれど、今日は晴れだと言っているわね……」

「他のターミナルは、屋根に砲弾を喰らって雨だと辛そうだけど、ここは良いですね。外に出なければ、天気を気にする必要も無いから」

「別れた旦那が言っていたわよ。日常生活ですら天気予報なんてたいして当てにならないのに、戦場でのそれは時々、偽情報も混じる。絶対に信じられないって」

　海兵隊の若い兵士たちが配置されたせいで、今朝まで立て籠もっていた老兵たちが解放され、三々五々休憩を取ってまた姿を見せ始めていた。最近の若者はどこでも煙草なんて吸わないが、彼らはまだ煙草が手放せない世代だ。そういう世代用に、無償提供の煙草も用意してあった。

　さっそくカウンターに並べようと小町は知念に提案した。

　海上自衛隊・第一護衛隊群の艦艇は、イージス護衛艦〝まや〟（一〇二五〇トン）を旗艦にして、台湾北部の基隆軍港沖に陣取っていた。

　実際には、〝まや〟からですら基隆は見えない。台湾の島影が見えるだけだ。艦隊はそれほど広く展開している。

　昨夜は、突然現れた半没型のドローン攻撃艇に翻弄された。気付いた時には、そのドローン攻撃艇は、ヘリ空母に向かって、あと一歩という所まで接近していた。最後には、近くにいた護衛艦がコース上に割って入り、自らを犠牲にして守った。

　幸い死者は出なかったが、護衛艦は戦線からの離脱を余儀なくされた。大急ぎで周辺を捜索したら、艦隊の絶対防衛ラインの内側に、すでに何隻ものドローン艇が侵入していたことがわかった。

　今は、以前の三倍の数の哨戒機と哨戒ヘリが辺りを飛び回っている。

　第一護衛隊群司令の國島(くにしま)俊治(しゅんじ)海将補は、旗艦用司令部作戦室(FIC)のモニターで、最後の一隻が破壊される様子を見守っていた。

　SH‐60K哨戒ヘリが、真上から航空爆雷を投下すると、水中で爆発が起こり、その水圧でドローン艇が持ち上がり、ぽっきりと折れて水中に没していった。

「明るくなれば、こうして発見するのも容易だがな……」

「今夜の警備計画を立てませんと?」

と首席幕僚の梅原徳宏（うめはらとくひろ）一佐が呟いた。

「うん。暗くなる前に、ヘリ空母はいったん退避させよう。いくらドローン艇といえども、護衛艦の速度を超えて追い掛けられるわけじゃないだろうからな」

暗い室内に、士官が一人現れて敬礼した。

「気象班長、出頭しました――」

と艦隊気象班長の恵比原恵（えびはらめぐみ）三佐が現れた。左脇にバインダーを抱えていた。

「すまんね。朝っぱらから。あれだよ……」

と國島は、正面の部屋の端から端まで拡がる大型モニターの端っこを指さした。そこには常時、付近の衛星画像が表示されていた。〝ひまわり〟のデータだった。

「ああ、お気づきになりましたか。われわれもしばらく前から、この現象の確認に追われており、報告するタイミングを考えていた所です。高雄（ガオシオン）のほぼ真西、深圳（シェンジェン）のやや東、汕尾（シャンウェイ）市沖で始まった現象です。データを遡った所、日の出と共に始まったようです。何か、大型の機械を用いて、海面を泡立てて、雲を生成しています」

「これ、けっこうもう大きく成長していると思うのだが、扇風機で海面を泡立てる程度で、こんなに成長するものなのかね? 短時間で」

「まさにミラクルですね。われわれの知っている技術ではありません。ただ、中国は気象工学の最先端国なので、どんな技術があっても驚きはしませんが」

「あの辺りは、貿易風の圏内だよね。なら風は東風が原則ではないのかね？」

「ここは、貿易風と偏西風が接触するエリアでして、風の吹き方は非常に複雑です。日本で言えば、夏と冬の境目が毎日入れ替わるようなものです。なので、あそこで発生した雲が、やがて台湾本島に流れて来るとしても不思議ではありません」

「人工降雨を狙ってのことなのか？」

「恐らくそうです。ただ、雨を降らせて何をしたいのかまではわかりません。陸戦では、視界が悪化することで、野砲部隊や戦車は行動の制限を受けてドローンも飛ばせなくなります。歩兵のみで戦っている解放軍部隊は、少しは有利に行動出来るかも知れません」

「われわれに影響はあるかね？　たとえば、第3梯団の上陸作戦援護が目的であるとか？」

「自分たちもそれを恐れていますが、風が出てきて天候が悪化し、波も出て来ます。上陸作戦に有利だとは思えません。一方で、レーダーを不能にするようなこともないので、この雨に隠れて大艦隊が接近するというのも不可能です。雲が発達することで、戦闘機は近くは飛べなくなるでしょうが、それでも台湾本島上空から、接近する敵艦隊に対して、対艦ミサイルを発射することは可能でしょう」

「台湾側はこの情報を知っているんだね？」

「はい。直接ではありませんが、密な情報交換をし、那覇では、避難してきたあちらの気象予報官も詰めていますので」

「この雨は酷くなる？」

「はい。最悪の場合は、梅雨の時期の線状降水帯に発達する恐れがあります。その場合、昨夜のように、水上ドローンを目視発見することも困難になるでしょう。何しろヘリの飛行も危険になるので。ただし、その場合は、早めに警報が出せますので、艦隊の避難は可能です。われわれがここを退いた所で、敵にとっても気象条件は同じなので、解放軍に何かが出来るとは思えません」

「これはしかし、こんな技術があれば、世界中の干ばつは一瞬で解決するんじゃないか？」

「いえ、これはしかしいろいろ制限のある技術です。まず、広大な海を抱える地域では、深刻な干ばつはそうそう発生しませんし、今巻き上げられているのは塩水です。それなりに塩分濃度の濃い雨が降ることになります。干ばつ対策の人工降雨としては、あまりお勧めは出来ません」

「わかった。引き続き要警戒で頼む。何かあったらすぐ報せてくれ」

「了解であります！」

と恵比原三佐が敬礼して出て行く。

「いったい彼らは何がやりたいんだ？　今更、雨を降らせた所で、地上部隊の援護にはならんだろう」

「地上部隊の援護ではないですね、明らかにこれは、第３梯団の上陸支援用でしょう」

と梅原が言った。

「敵味方の航空機が飛べなくなることで、多少のリスクは減らせるでしょうね。台湾上空を飛ぶ戦闘機や哨戒機は長距離ミサイルで牽制し、飛んでくるミサイルの迎撃のみに集中すれば良い」

「それで減らせる撃沈のリスクはどのくらいだ？　二割か？　四割？」

「三割でも減らせれば大きいですよ」

「それは良いが、彼らが想定した通りにその雨雲が成長して、うまい具合に台湾沿岸部を覆ってくれるのか？　酷いギャンブルだぞ……」

「陸空の部隊にも警報を出しましょう。人工降雨に拠る雨雲が接近中、敵の意図は不明なれど、注意されたしと」

「そうしてくれ」

いったい、何が始まろうとしているのだ?……。

さっぱり理解できなかった。

呉雷（ウーレイ）博士を乗せたZ-9ヘリコプターは、東海艦隊旗艦として運用されている075型強襲揚陸艦二番艦〝華山（ファーシャン）〟（四〇〇〇〇トン）飛行甲板に降り立った。

第3梯団上陸作戦〝雷神（レイシェン）作戦〟が始まろうとしていた。

博士は、艦内に入る寸前まで、衛星電話に齧り付いて喋りまくっていた。白衣ではなく、白い防護スーツ姿だった。だが、その縁なし眼鏡の容姿に威厳はなく、まるでPCR検査場の若いアルバイト検査員のようだった。

艦隊指揮所に現れると、挨拶もなく気象レーダーを覗き込んだ。

「博士、敬礼はともかく、挨拶くらいしてくれんと、不審者としてつまみ出されるぞ?」

東海艦隊司令官の唐東明（タンドンミン）海軍大将（上将）が警告した。だかその警告は、不快だという感じではなく、その無礼な若造に対して、何か珍獣を愛でているような響きがあった。

「ええ、提督。すみません。天気が気になりまして。この艦は安全ですか?」

「感染者は出ていないか? という意味なら今の所、無事だよ。そんな大げさな格好は必要無い」

「それは良かった。雲の成長は、ほぼ事前のシミュレーション通りです」

「君は、南海艦隊の協力を得て研究していたのだろう? なぜこっちに来たんだ?」

「あちらの東暁寧（トンシャオニン）提督とはいろいろありまして。自分はあと二年くれと頼んだのです。せめて半年くれと。それが叶わず、協力は無理だとお断りしました。個人的な恨みはありません。あの方にも立場があることはわかっています」

「それで、これはどういうマジックなんだね？」

呉博士は、防護スーツの上半身部分を脱ぎ、シャツの胸ポケットから、ライター・サイズの小瓶を取り出した。ボトルの半分ほどに、白い粉状の物質が入っていた。博士は、それを小さく振って見せた。

「自分は、ある種の高分子活性剤と呼んでいます。紙オムツや、生理用品に使われている高分子吸収剤を、千倍くらい高性能化したものとお考えください。この一粒一粒は、黄砂の粒子より小さくて軽い。僅かな風に乗ってどんどん舞い上がっていきます。そして、ここが肝心な所ですが、時間を掛けて成長する。大気中のありとあらゆるエアロゾル物質とくっつき、少しずつ大きくなって、やがて雨の核となります」

「ヨウ化銀と似たようなものか？」

「目的は同じですが、機序はまるで別物です」

「それがあれば世界の干ばつ問題は解決する？」

「残念ですが、取り扱いが非常に難しい。というか危険です。この分子構造物自体に毒性はないが、肺に取り込まれると、肺が水に溺れて死にます。進行はゆっくりで、かなりの苦痛を伴う死となる。仮にもし、このボトルをここに落として割ったら、このボトルに入っているほんの百分の一以下の量で、この部屋の全員が死にます。恐らく半日くらい掛けて、もがき苦しみながら死ぬことでしょう」

「おいおい！　そんな物騒なものを持ち込んだのか？」

と艦隊参謀の馬慶林(マチンリン)大佐が非難した。

「ご心配なく。そんな物騒な代物を持ち歩くほど

愚かではありません。この中身は、ただの片栗粉です。質感は本物に似ています。この戦艦は、何トンくらいあるのですか？」

「四万トンある。戦艦じゃないが、似たようなものだな」

「この使い捨てライターサイズのボトルに入っている量で、最終的にこの戦艦の半分くらいの量の雨を生産できます」馬大佐が応じた。

「しかし、ただの大雨で、レーダーは誤魔化しきれないぞ？」提督が問うた。

「自分が作ろうとしているのは、単なる雨雲や積乱雲ではありません。線状降水帯と呼ばれる特殊な雲です。複雑な上昇気流と下降気流が発生する。その上昇気流に上手いぐあいにチャフをばらまくことが出来れば、それはかなりの時間帯、空中に留まり続けます。三時間から四時間。その実験をしてデータを得なければならない、それには最低半年は掛かると東提督に訴えたが、聞き入れられなかった。それで諦めました。量子コンピュータやスパコンを使ってのシミュレーションはしつこく繰り返し、それなりの自信はありますが、正直、成功するかどうかはわかりません。三時間持つはずのものが、三〇分持たないかも知れない」

「それが、広範囲に拡散し、長時間空中に留まり、レーダー波から艦隊を隠してくれる？　たかがチャフで？」

唐提督は、まるで信じていないという顔だった。

「実は、これは、この高分子活性体に関する最高機密なのですが……。成長する過程で、副次的な効果を発生します。かなり広範囲な周波数のレーダー波を吸収する。その理由は現状では全くわかっていません」

「それって、日本の有名アニメに出てくる……」

と馬大佐が口を挟んだ。

「ああ、なんとか粒子ね。それほどの威力はありません。将来的に、その理由が解明され、取り扱いが安全になれば、そういう物質にも進化する可能性はあるでしょうが、たぶんあと四半世紀以上の時間は掛かるでしょう」

「それで、われわれの艦隊は、その大雨の中に突っ込むわけだが、安全なのかね？」

「はい。安全です。この高分子活性体は、水分子と結合すると、急速に分子構造を失います。飲んでも消化されるだけ。雨粒として肺に入っても、いずれそこから血流に乗り、排泄されるだけです」

「よろしい。話はわかった。〝雷神作戦〟を開始する。艦隊に本物の出撃命令を出そう。これまでも日に二回、偽の出撃命令を出して敵を騙してきた。だから、ある程度前進しても、しばらく敵は反応しないだろう。時間は稼げる。だが、帰還不能点はあるものと思ってくれよ？　この一線を越えたら、敵が出てくる。そして湾奥への退避は間に合わない……、という線がある」

「ポイント・オブ・ノーリターンという奴ですね。確か、この艦隊には、マサチューセッツ工科大学でオペレーションズ・リサーチを修めた参謀が乗っていると聞きましたが？」

「私がそうだよ」

と馬大佐が頷いた。

「では、その計算は厳密に行われたと理解します。あとで、キャンパスのことを聞かせて下さい！　自分も留学予定で、もうアパート探しまで始めていたんです。なのに、トランプ政権が、デカップリングだなんだと言い出して、ビザすら取れなくなった。アメリカの大学経営は、中国からの留学生の寄付金で支えられていたというのに。自分はただの気象学者ですよ？　兵器の技術を盗みに留学したいわけじゃない。そりゃ化学の知識も自信はあるが、別にアメリカに戦争を仕掛けようなんて悪意はこれっぽっちもないのに……」

「理系ってのはこれだからなぁ……」と唐提督が呆れた。

「自分は常識人のつもりですが？　ま、後でお茶でも飲みながら話そう」

と馬大佐が応じた。確かに、ネジが何本か外れている気がしたが、天才というのは往々にしてこういうタイプだろうと思った。

南海艦隊、東海艦隊の艦船と、兵員を運ぶ民間船舶、数百隻が〝雷神作戦〟を発動し、同時に動き出した。それは最初は、毎日繰り返す、偽装の出撃訓練と同じようにしか見えなかった。

第二章　天気予報

台湾東側宜蘭（イーラン）県・蘇澳（スーアオ）鎮は、決して大きな港ではないが、そもそも台湾東岸は地形が厳しく、海岸線まで山が迫っているせいで、大きな港はない。

そして今は、避難民の多くが、この港から与那国や石垣へと脱出していく。漁船は法外な料金をふんだくってそれら避難民を運んでいるし、日本のフェリーや巡視船も往復している。

日本からの支援物資も、小型の貨物船でここに陸揚げされていた。

大陸からの弾道弾攻撃を受けたせいで、港に集まっていた避難民に多くの犠牲者も出していた。海巡署の建物は崩壊し、その北側にある第168艦隊基地も被害を受けていた。

海軍作戦本部参謀補佐の頼国輝（ライグオフイ）中佐を乗せた陸上自衛隊のエンストロム練習ヘリは、左営（ズオイン）を飛び立ち、中央山脈を越えて、海軍基地の護岸に着陸した。もちろん、軍艦は全て出払っている。二日前の大攻勢で、かなりの痛手を被ったが、まだまだ台湾海軍は健在だった。

台湾国内を往き来する連絡ヘリとして、陸上自衛隊の連絡ヘリが何機か飛んでいた。エンストロムはチープなヘリで、今や親会社は中国で、挙げ句に倒産したりもしていたが、メンテも安上がりで、こういう状況下では将校のタクシーとして最適なヘリと言えた。

　難点は、このヘリの性能で、中央山脈越えは少しきついという所だろうか。

　着陸寸前、沖合に、最新鋭の沱江(トゥオジアン)級コルベットが一隻錨を降ろしているのが見えた。奇異な感じがした。こんな最新鋭のワークホースが、こんな所にいて良いはずはなかった。

　ヘリは、頼中佐が降りて機体から離れると、すぐ離陸して行く。護岸には、ランチが一隻繋いであったが、驚いたことに、梯子から人間の首が護岸上に出ていた。艦隊司令の鄭英豪(ジェンインハオ)海軍大佐が首だけ出して「乗れ!」と命じた。

　中佐は、シーバッグを水兵に投げると、「何事ですか?」とその梯子を下りた。最後尾の大佐の隣に腰を下ろすと、すでにエンジンを掛けていたランチはゆっくりと走り出した。

「海巡船〝安平(アンピン)〟の孔竟(コンジン)中佐の戦死は残念だったな。良い船だったが、損傷の状況はどうだ?」

「はい。左営の連中は、この戦争が決着する前に、必ず戦列に復帰させてみせると張り切っています」

　頼中佐は、海巡船に海軍側オブザーバーとして乗り込み、解放軍艦隊に突っ込んで刺し違えたのだった。船は大きく傷つき、船長以下戦死者も出したが、どうにか港まで戻って来ることは出来た。

「あの沱江級は何ですか? こんな時に、こんな所にいて良い艦ではないでしょう?」

「まさにそれなんだ。君に乗ってもらう! 艦長としてな」

「何番艦ですか?」

「三番艦の〝富江(フゥジアン)〟だ。知っての通り、艤装中だったが、急遽仕上げて実戦部隊に入れた」

「どういうことですか? 艤装艦長は確か……」

「士官学校で君の二年先輩だったな。艦内で叛乱が起こった。艦長に手錠を掛け、船倉にぶち込んだ。指揮下を離脱してここまで戻って来たんだ。なんで基隆に向かわなかったんだ？　と私はぼやいたね……」

「叛乱ですか？　今は戦時ですよ、叛乱なんて……」

「艦内は、沖へ出ての突貫工事で、皆疲労し切っていた。つまらん口喧嘩から、艦長が、乗り込んでいた造船会社のベテラン技師をぶん殴った。その場は艦長が頭を下げていったんは収まったらしい。だがその後も小さな衝突は続き、ついに造船会社や装備品メーカーの作業員たちが、船を下りると言い出した。そのいざこざが解決しないうちに、二日前か、ブリッジで居眠りしている水兵を艦長がぶん殴った。それで、遂に下士官連中がぶち切れた。副長以下も賛同し、艦長をとっ捕まえて、新しい艦長を遣せ！　と言ってきたわけだ」

「確かに、あの男は、ちょっと短気な所はあったが、戦時には必要な人材ですよ」

「知ったことか！　そういう奴を引き立てた連中こそが尻拭いにくりゃいいんだよ……。ところが、この叛乱にはちゃんとした筋書きがあったんだ。交替の艦長ならいるだろう？　と。船を失ったばかりの頼国輝を艦長に任命すれば、全ては丸く収まる。だから自分らは叛乱を起こしたのだと」

「なんて奴らだ……」

「君は、このクラスに二度乗っただろう？　最後は航海長として。そしてつい昨日まで、事実上、同じ船である海巡船に乗っていた。このクラスのことは知り尽くしている。では誰を艦長に任命すべきかを客観的に考えても、君の名前は真っ先に挙がるはずだ。どうする？　最新鋭艦とその乗組員を見捨てて引き返すか？」

「乗りかかった船という奴ですか。艤装はどの程度進んでいるのですか？」

「ほとんど終わっていると聞いている。あとは、洋上でのテストや負荷試験くらいのものだろう。ミサイルもフルで搭載している。行けると判断したら、基隆沖へと向かってくれ。解放軍に動きがある。第3梯団が動き出した。人工降雨を利用してな。今回は本物らしい。ま、我が海軍の最新鋭艦の艦長だ。不満はあるまい？」

と大佐は中佐の横顔を睨んだ。

「今は戦時です。自分の身柄は命を含めて軍のもの。どんな仕事だろうと、全力を尽くすまでです。しかし、誇らしいという気分にはなりませんね。多少の武者震いはあるにせよ」

沱江級コルベット三番艦〝富江〟（六八五トン）の艦名は、花蓮（ファリエン）県を流れる川の名前から取られた。フリゲイトより小さいコルベットとは言え、台湾海軍が有する最新最強の戦闘艦だった。

海巡船とデザインは全く同じ。向こうは船体を白く塗っていたが、こちらは灰色だ。だが、新造艦だけあって舳先から艦尾までピカピカだった。美しいフォルムだ。

舷梯が降ろされると、大佐が先に乗り移り、頼はシーバッグを担いで乗り込んだ。乗組員は皆固い表情だった。

ブリッジに上がると、鄭大佐が口を開いた。

「お望みの新任艦長を連れて来たぞ！　言いたいことはあるが、今はそれどころでは無い。君たちの処分は、戦後、落ち着いてからということになるだろう。それまでは、全力を尽くして任務に励み、生き残れ！　前任艦長は私が連れ帰る。ランチに乗せろ。ここに連れてくる必要は無いぞ。本音を言えば、一緒にランチに乗るのも嫌だがな……。では以上だ！　あとは頼艦長に任せる」

鄭大佐はそれだけ言うと、さっさとブリッジを後にした。頼が見知った顔が何人もいた。ブリッジ要員の半数は過去にどこかで仕事をした仲間だ。

頼は、シーバッグを床に放ると、「ランチが離れたら錨を上げて出港準備！　先任士官は、しばらく指揮を取れ！」と命じた。

副長の莫立軍（モーリージン）少佐に目配せして、後方の作戦室に下がるよう命じた。叛乱の指揮を取った航海長と、先任曹長が付いて来た。

「全く、莫、何てことをしてくれたんだ！　戦争中だぞ？」

「はい。全ての責任は、自分一人にあります。航海長以下全ての士官、下士官同意の上での行動でありましたが、まさに戦時であるが故に、われわれは緊急に行動を起こすしかありませんでした。全ての責めは、自分一人が負いますが、中佐殿をお迎え出来たのは幸運です！」

「私が断ったらどうするつもりだったんだ？」

「そういうお人ではないことを承知しての決起でした」

「艦の状態は？」

「全ての武器システムがオンラインです。一〇〇パーセント。完全に機能します」

「まだ造船所やメーカーの民間人は乗っているの？」

「若干、微調整が必要な部分があり、ただし、全員志願して残っています。ベテランの世代には、お父上と仕事した連中もいて、あの頼提督のご子息が艦長ならと、進んで乗艦を申し出てくれました」

「わかった。第3梯団発進の情報は聞いているな？　残燃料を計算しつつ基隆沖の主力艦隊とまず合流する。だが、覚悟してくれよ。いざ海峡へ回って乱戦に突っ込むとなったら、本艦は真っ先に敵の目標になるだろう。今日の日没時点では浮かんでいても、明日の夜明けは、まず拝めないと覚悟した方が良い」

「はい。皆、腹はくくりました。後ほど、乗組員に訓辞をお願いします」

「わかった。さあ、仕事だ！　本艦の戦闘力で艦隊の盾となり、祖国を救うぞ！」

　頼は、ブリッジに戻り、艦長席に上った。幼い頃、父親が艦長を務める駆逐艦で、この椅子に座ったことがあった。自分が海軍に入って艦長に出世する頃には、戦艦の艦長になるんだ！　と思ったものだが、その日は来なかった。台湾海軍は、あの時代よりは少しはましになったという程度の成長だ。

「よし！　両舷微速前進、やや面舵。避難船に注意しつつ、沖合へと出るぞ！」

　艦が沖合へと向かい始めると、避難民を乗せて港を出たばかりの日本の巡視船が前方右手に現れた。

　デッキ上には、無数の避難民が鈴なりになっている。ヘリコプター甲板まで避難民に埋め尽くされている。それら台湾同胞たちが一斉に立ち上がって大きく手を振り始めた。中には、台湾国旗を振っている老人もいる。

　巡視船にUWの旗が揚がった。「貴船の安航を祈る！」という意味だった。

「汽笛鳴らせ！――」

　頼艦長は、ブリッジの窓越しに、艦長席から敬礼した。陸で戦っている姉は無事だろうか？　とふと思った。


　台湾陸軍の蔡怡叡（ツァイイーレイ）中尉は、微かな揺れで目を覚ました。誰かが「ゆっくり（スローリー）、ゆっくり……」と英語で喋っている。目を開けると、どんよりと曇った空があった。

どこかの階段を降りているようだった。小舟に乗っているような不思議な感覚だった。自分が、担架に載せられて移動しているのだということに気付くまで、しばらく時間が掛かった。

　何かが瞼に引っかかっていて視界の半分が見えない。それが頭に巻かれた包帯の切れ端だということになかなか気づけなかった。

　そうだ……、自分は頭に銃弾を喰らって、幸いヘルメットで助かったが、だが頭部に衝撃を受けて、硬膜外血腫を引き起こし、それでも丸半日走り回った挙げ句にぶっ倒れて、野戦病院に担ぎ込まれたのだ。確か、ノコギリやドリルで手術を受けたはずだ。

　彼女の担架を担ぐ若者たちは、少し変な格好をしていた。白地に、赤い十字が入ったベストを着ている。この辺りの学生のはずだが、赤十字なんていたっけ?……。

　やがて、林の中に置かれたストレッチャーに乗せられ、若者たちは去っていった。ひっきりなしに車が出入りしている。次に誰を乗せるかをトリアージしているようだった。

　誰かが、ずり下がった包帯を上げてくれた。頭がズキズキするが、麻酔が効いているせいで、痛みがあるというほどではない。

「ご気分はどうですか?　中尉――」

　と原田拓海(はらだたくみ)一尉は無理して北京語で呼びかけた。陸上自衛隊衛生兵にして、特殊部隊〝サイレント・コア〟の一個小隊を率いる。そして海空陸自と渡り歩いた変わり者だった。

「ええ……。大尉。赤十字のベストが見えたけれど、銃声がしないわね?」

「依田(よだ)参与が危険を冒して走り回ってくれまして、解放軍との間に、二時間の停戦協議が成立しました。すでに一時間が経過しましたが、その間に、負傷兵を後送しています。立て籠もっていた民間人はもとより、解放軍の負傷兵も後送しています。貴方は、特別な患者として後送されます。良いニュースと悪いニュース、どちらから聞きたいですか?」

「バッド・ニュース。でも台湾が白旗を掲げたとかはなしにして……」

「それは無いですね。まず、残念ですが、貴方は国外へと後送されます。術後管理が必要で、CTとか撮る必要もあるので。これは良いニュースと言って良いのか、東京の隣の千葉県の脳外の専門病院への入院が決まっています。ちょっと自分のつてを辿って手配しました」

「東京……。長い旅になりそうね」

「貴方はまず、救急車で川を渡り、われわれがしばらく陣取った陸軍の演習場に向かいます。そこから陸自のヘリで、花蓮空軍基地まで飛びます。花蓮は、昨日も攻撃を受けて被害が出たが、すでに復旧しています。空自の輸送機がひっきりなしに着陸して補給物資を運び込んでいます。帰りは基本的に空荷です。だから、負傷兵を運んでいます。日本本土の病院にね。もちろん輸送機には、医師看護師も乗り込んでいる。貴方は、たぶんお昼過ぎには東京近郊のどこかの空港に降りているはずです」

「困ったわ……。日本に友人はいない」

「ご心配なく。実は、妻が中国人です。その妻に、貴方の病院に向かって、御世話をするよう連絡します」

「貴方の北京語能力から察するに、まだ新婚なのですね?」

「みんなからそう言われるんですよ。お前の北京語は、中国人と同居して半年レベルだと」

救急車が到着したらしく、足音がドタバタ響いて来る。原田が「こっちだ！」と合図していた。

「では、お気を付けて！　この戦争は間もなく終わる。貴方が退院なさる前に、たぶんお見舞いに行けるでしょう」

　原田は、最後に大丈夫ですよ……、と頷いて中尉を見送った。

　野戦病院として使っていた体育館に戻ると、入り口の階段に二人の中年男性が腰を下ろしていた。疲労困憊という表情だった。戦闘服姿に衛生兵の目立つ腕章を巻いた一人は、この病院を仕切っていた高慧康（ガオフイカン）医師で、もう一人は、半導体業界のコンサル兼、日本の利益代表部の参与の肩書きも持つ依田悟（さとる）だった。高は、民間の医師だが、今は予備役軍医として召集されていた。陸軍中佐の階級章も持っていた。

「大尉、体育館の中を覗いてみたまえ。見事に空になったよ……」

　新竹のサイエンスパーク隣の交通（ジアオトン）大学の体育館では、卓球台を手術台代わりに使い、担ぎ込まれた負傷兵を処理していた。

　学生が、プリントされたばかりの壁新聞を、体育館の正面玄関に貼りだしていた。

「見たかね？　あれ」

　と高医師が尋ねた。

「ええ。確か、前列中央にいるのが、依田参与のご子息で、その隣で肩を組んでいるのが、ドクターのご子息ですね。たいしたものです。依田参与のご子息の機転で救われたとか」

　依田が、とんでもないと首を振った。

「今もドクターと話していたんだが、互いの女房が聞いたら卒倒するよ。彼ら、本当に兵隊とは戦っていないんだね？」

「そういう情報はありません。撃ち合った相手は、たぶんロボット犬だけです」

「あの歳の少年が、人間に向けて銃の引き金を引くなんて、これが日本で起こったら、一生少年院暮らしだ。いくら戦争とは言え、相手は一人っ子政策で生まれた若者達だ。死んだ瞬間、親は一人っきりになる……」

「そうですね。仮の数字ですが、収容した解放軍兵士の死体の数は、二〇〇体を超えるそうです。対して、味方の、陸軍及び郷土防衛隊の死者は、四〇〇体を超えています。これは、発見、回収された遺体に関してのみの数字です。双方、尋常じゃ無い犠牲者を出している」

「だが、君は良い仕事をしたよ……」

と高医師が誉めた。

「実は、中尉さんの頭を開いている間、視界の端でずっと数えていたんだ。この手術に掛かる時間に、担ぎ込まれた負傷者のいったい何人が亡くなり、何人を救えただろうと。そしたら、少なくとも、ここに担ぎ込まれた時点でバイタルがあって、死んだ兵士は一人もいなかった。逆に、たぶん私ひとりしかいなかった時の三倍の負傷兵を救った。腎臓破裂とか、あんなの、救急病院の玄関で銃撃戦が起こったとしても、まず助からないぞ。医者がおろおろしている間にショック死する。君らいったいどんな訓練をしているんだ？　特殊部隊は特殊部隊でも、衛生兵の特殊部隊じゃないのか？」

「有り難うございます。自分が鍛えた部隊です。撃たれた場所が心臓や脳でなければ、必ず救える、諦めるな！　と教えています。解放軍の反応はどうでしたか？」

と原田は依田に聞いた。

「せっかくこうして、銃火を収められた。このまましばらく停戦してはどうか？　とは話しかけてみたがね、もしこのまま停戦するなら条件は二つ。

そちらの無条件降伏と、新竹県全体の明け渡しだと。せめて、新竹県から兵が全員出て行くなら、このまま停戦を継続してもよいと……。察するに、たとえ台湾全土の制圧は無理でも、空軍基地まで抱える新竹を占領できれば、ここを香港のような足がかりにして、台湾全土をいずれ平和的に攻略できる。彼らが拘る理由はわかる。ここが台湾半導体の核心地だからだけじゃない」

「時間が来たら、またドンパチかね？」とドクターが聞いた。

「そうですね。たった二時間とはいえ、解放軍は、防御陣地の再構築をやっているし、依然として彼らの占領エリア内からは、住民の脱出は難しい。解放軍を掃討せよというのが命令です。時間稼ぎせよ！　ではない。それに、いよいよ第3梯団も動き出すとのことです」

「また死体の山だ。軍艦が何十隻も沈み、波打ち際を死体が埋め尽くすことになるだろう」

体育館の中では、次の負傷兵を受け入れるために、掃除が始まっていた。血溜まりの床を拭いたモップは、たちまち真っ赤に染まる。そこいら中の側溝が、どす黒く染まっていた。

この二時間の間に、新たに手術器具やバイタル・モニター、包帯から麻酔薬まで補充できた。だが、原田には本来の仕事が待っていた。

台湾兵を受け入れて大隊規模に膨れ上がった部隊を進めて、要塞と化したサイエンスパークを解放せねばならなかった。それが、新竹制圧、新竹防衛の宣言となる。


その原田小隊のコマンドたちは、こちらも交替で前線から下がり、武器弾薬も補充を受けていた。

リザードこと田口芯太二曹と、ヤンバルこと比嘉博実三曹は、普段は狙撃兵とスポッターとして二人きりで行動するが、今は寄せ集めの台湾軍素人兵士二個小隊を預けられていた。〝愚連隊〟と呼ばれていたが、少なくとも、昨日からの戦いでは結果を出した。敵の防御網を突破してここまで辿り着いた。

交通大学の敷地から七〇〇メートル北へ下がった自動車教習場の巨大な車庫に、補給部隊が展開していた。

地面には、長方形のコンテナが積み上げられていた。銃が納められたコンテナだ。

田口らは、台湾軍のお目付役、正規兵として、素人部隊を纏める柴子超(チャイツーチャオ)伍長、郭宇(グオイー)伍長の二人を連れて、その巨大な駐車場の屋根の下に入った。

水機団格闘技教官にして北京語講師の司馬光(しばひかる)一佐が待っていた。彼女は、台湾軍兵士の前では、決して迷彩ドーランを落とそうとはしなかった。誰もその素顔を拝んだことは無かった。

司馬は、台湾人伍長の二人のために、北京語で口を開いた。

「ヤンバル、ひとつ開けてみろ」

比嘉が、コンテナのケースを開けて「ウワッ！――」と絶句した。

「これひょっとしてFNのEVOLYSじゃないすか！」

「台湾軍が、欧州から買い付けたと聞いて横取りした。どうせあんたらは、台北に立て籠もるために、こんな使いもしないオモチャを買ったんだろうから、うちでバトル・プルーフしてやると」

「何挺あるんすか？」

「百挺ちょっとだな。それ分の弾薬がトラック四台分くらいか。本来、他国に売る予定だった分まで買い占めたらしい。だから、二個小隊に最低でも八挺は行き渡るぞ。分隊支援火器として十分な量だろう。それこそ、一個分隊に二挺は行き渡る」

「これが、分隊支援火器なのでありますか？　どこからみても、普通のアサルト・ライフルですが……」

　と郭伍長が聞いた。

「お前達も分隊支援火器としてミニミを使っているだろう。あれに代わるものだ。ヤンバル、説明してやれ」

「はい！　これは、エヴォリス、最新最強のウルトラ・ライト・マシンガンです。くそったれなミニミに代わる分隊支援火器です。ミニミの駄目な所を全部潰してきた。あっという間に世界中の分隊支援火器がこいつでリプレースされるはずです。

　なにより、まずミニミより軽い。一・五キロは軽い。その分、弾を運べるし、よくアクション映画であるように、実際に腰に構えても撃てるってことです。弾薬ベルトを左手で支える必要も無し。だから両手でホールドできる。弾薬ベルトの交換は、ミニミでは慣れと時間が掛かったが、これは右手で銃を構えて目標に視線を固定したまま左手だけで出来る。ベルト交換時にフィードカバーを開ける必要が無くなったので、上にはピカニティレールが走って、いろんな照準器も付けられるようになった。

　ガス圧が高いので、マズル・フラッシュが小さいです。サプレッサーを付けなくとも、目立たない。遠目には、アサルトを撃ちまくっているようにしか見えない。口径も、五・五六ミリ、七・六二ミリと選べるし」

「全部七・六二ミリだ。五・五六ミリは嫌だろう？」と司馬が口を挟んだ。

「ああ、ミニミは確かに、威力不足な部分はありますね。取り扱いも、誰でも撃てるアサルトのようにはいかない。それなりの訓練が必要です」

　と柴伍長が同意した。

「あと、こいつ、単発射撃が出来るんですよ。ミニミにはフルオートしかない。こいつなら、歩兵がアサルト代わりに持ち歩ける。ちょっとごついアサルトとして使っても良いし、いざとなれば、弾幕を張って敵も撃退できる。俺はそろそろ自分のGM6リンクスを、こいつに代えようかと思っていたんです。そうすればGM6にHkまで持ち歩かずに済む」

「お前の対物狙撃ライフルには、それなりの使い道があるだろう。リザード、どう使えば良い？」

と司馬が質した。

「そうですね……。六名ひと組のチームを編成させましょう。一人がエヴォリスを持ち、もう一人がスポッター兼、弾運び役。それを四人で守る。前評判通りの性能なら、この銃は、この戦いでゲーム・チェンジャーになります」

「よし、では持って行け！」

田口は、二人の伍長に向き直った。

「射手を選抜してくれ」

「では、一番臆病な奴に持たせましょう。分隊支援火器を持つ奴が真っ先に突っ込んで行くのは困りますから」

「それで良い。チーム・リーダーはスポッター役になる。冷静で判断が速い奴にしてくれ」

コンテナには、北京語と英語で書かれたイラスト入りの簡単な取扱説明書と、各国語が選択できるらしい取り扱い動画が入ったメモリーカードも納められていた。

スコープの類いは無かったが、それを必要とするような長距離で撃ち合うことはまずないだろうし、必要ならアサルトから外して付け替えれば良い。

田口と比嘉は、指揮下の二個小隊を、固まらないよう指示し、編成されたチームを一つ一つ回り、実際に弾込めしてみせた。

「弾薬ベルトは、ふつうこの箱型のアンモ・ボックスというか、アモ・ボックスに納める。気をつけろ。このバカでかい箱形マガジンをぶら下げた状態では、この銃は目立つ。あれは分隊支援火器だと遠くからでもわかる。だから、真っ先に狙われる。狙撃される。射手は必ず誰かの背中に隠れて移動しろ。いざ撃てるとなった時、初めて仲間の前に出れば良い。その状況では、護衛役の四名は、両翼に展開して、前方からサイドを守る。全員が自分の仕事をやり遂げれば、敵を粉砕できる」

「これで敵の硬い守りを突破できますかね……」

柴伍長が横から聞いた。

「歩兵同士の戦いは、結局は弾数が物を言う。あちらのドローンは脅威だが、これで少しは有利になることは間違い無い。ミニミの使いにくさは、ちょっとね……」

「ええ。あれは本当に……。平和な時代が長く続いたとは言え、世界中、みんなよく我慢してあんなのを使い続けましたよね。うちはFNのMAGも使っていましたが、あれは悪くは無かったですね。一〇キロを超える点を除けば」

「そうだね。どんな武器も重量さえ無視できれば名銃になる。こいつが使えれば良いが……。導入予定でうちも何挺か買ったが、ブツが届く前にこの戦争が始まった。たぶんこの中に、本来は日本行きだったはずの銃も入ってるはずだ」

「隊長！　自分ら二人には、その軽機関銃は無いのですか？」

と賀翔（ホーシアン）一等兵と崔超（ツイチャオ）二等兵が尋ねてきた。二人ともつい昨日までは、娑婆で暮らしていた一般人だった。もちろん軍隊経験なんて、ほんの九〇日の名ばかり徴兵を経験したのみだ。

「君らは、私の副官兼、荷物持ちだ。不満か？」

「日本人の御世話をするために、地獄の三日間の訓練に耐えたわけじゃありません」

「なら、理由を説明してやろう。君たちは、たぶん兵士として平均的な兵士だ。悪い意味で言っているんじゃないぞ。この平均的な兵士というのは、実は貴重だ。君たちは勇気がある。それは、橋を渡る時に見せてもらった。だが同時に無鉄砲なわけではないし、もちろん臆病なわけでもない。君たち二人は信頼できる。弾が飛び交う危険な中でも、君ら二人は、伝令役として走り回り、立派に務めを果たしてくれた。だから私としては、引き続き、そばに置いておきたいと思っている」

「補足してやる——。お前達は、見込みがある。特殊部隊のベテラン・コマンドから、評価されたということだぞ。少しは喜べ！」

　と柴伍長が励ました。

「まあ、そういうことだよ」

　と珍しく田口が笑った。

　自動車教習場のアスファルト路面に、ポツポツと雨が落ちてきた。今日の天気予報は概ね、晴れの予報では無かったかな……、と田口は一瞬、首を傾げた。


　そのサイエンスパークを出た、オフィスビルの中に、解放軍のある部隊が陣取っていた。

　新竹に展開するドローン部隊を指揮する董(ドン)三兄弟と、そのお目付役の張偉森(ジャンウェイソン)陸軍少佐だった。設計が仕事の董衍(ドンイエン)、プログラムが仕事の董慶磊(ドンチンレイ)、そして実際の工作が仕事の董賽飛(ドンサイフェイ)の三人は、同じ工業高校で知り合ったと言うだけで、別に兄弟ではない。せいぜい遠縁だろうという程度だ。だが、いつの頃からか、周囲から董三兄弟と呼ばれていた。三人とも秀才で、小さなドローン会社を興し、今は軍相手のドローンを開発している。彼らが扱うのは、いずれも掌サイズのドローンだ。特に、アルマジロは自信作だった。

　手榴弾を背中に乗せて階段すら跳びはねながら登ってしまう。そのアルマジロを抱いて目的地まで運ぶロケット発射型の親ドローンも作っている。

　ここでの戦いの初期、そのオモチャは、台湾軍を恐怖に陥れた。

　張少佐は、部下が拾って来た一枚の宣伝ビラを三人に見せた。桃園空港で、少年兵達が、軍用ロボット犬を撃ち倒したという写真入りの記事だった。

「メーカーはまだ一〇〇体以上これを持っているそうだ。こんなのが戦場を走り回るようになったら、生身の兵隊はもう用なしだな」

「冗談でしょう。子供が振り回す鉄砲に殺られるようなドローンなんて、ただの置物ですよ」

　とプログラミングが仕事の慶磊が言った。

「そんなことは無いだろう。こんなのをほんの一〇匹でも群制御の技術で戦場に放り出したら、とんでもないことになるぞ。大隊規模の軍隊が潰滅する」

「そんなことは起きないな。だいたい、世間は群制御を勘違いしている。今の群制御と言えば、せいぜい花火大会の余興として数百機のドローンで空中ダンスしてみせる程度でしょう。そんなので、スウォーム攻撃が出来ると勘違いしている。でも本物の群制御はそういう代物じゃない。隣国のある研究チームが、最近、ＡＩ制御のアイスホッケー・ゲームで成果を出しました。プレイヤー個人個人が独立して思考し、行動し、チームとして結果をだす」

「野球ゲームなら、８ビット時代の家庭用ゲーム機だって出来ただろう」

「野球は、あれは実は多人数のチーム・プレイじゃない。プログラム的に言えば、あれは所詮、ピッチャーと打者、そして転がるボールという三要素で決まるゲームです。複雑な要素はない。アメフトはルールが難しいゲームですが、実は野球に近い。そのことをアメリカ人と議論して打ち負かしたことがある。真に多人数プレイと言えるのは、冬のアイスホッケーやサッカーでしょう。バスケット・ボールは少し微妙です。とにかく、真の群制御とは、サッカーのような複雑な多人数ゲームを指すべきです。今の群制御技術では、徴兵された二年目の兵隊の一個小隊にも勝てないでしょう？　でもサッカーに関しては、ごく近い将来、五年後一〇年後、人間が勝てないような知能を持った群制御技術が出てくるでしょう。そこまでくれば、ロボット小隊への応用もあと一歩ということになる。

　単発機のいわゆるセスナの腹から、このケルベロスを二〇体くらいばらまいてパラシュート降下させれば、大隊規模の敵をほんの二〇分で全滅させられるような時代が来るでしょうね。ただし、僕がプログラムを書けばの話です。それにこれ、他に置き場所が無かったとは言え、ドラム型マガジンが正面に対して露出しているのは良くないですよね？」

「ああ、そこはまったく同感。別枠で写真があるこいつはショットガン・タイプだと思うが、弾の口径がでかいから、胴体内に納めようが無かったんだろうな。賽飛ならどうする？」

「そんなの一つしか手は無い。銃としてのメカニズム部分から設計し直すしかないでしょう。銃弾のローディング方法をスパイラル状にして、そのマガジンを銃身に這わせる。ヘリ空母搭載型のF・35B戦闘機は、機関砲を内蔵しませんが、胴体吊り下げ式の機関砲を別に持っています。そのマガジンと言っては何だけど、そういう構造です。このケルベロスは、そこまでやる暇が無かったのでしょう。ドローンとしてはつまらない。たいした革新性はない。ま、慶磊が協力できることはあるでしょうね。プログラムの見直しとか。さすがに、子供相手に撃ちまくって潰されるなんて、われわれエンジニアから見れば、ただの恥ですよ」

「戦争が終わったら、話を通してみるよ。でもアルマジロだって、群制御はしているよね？」

「だから、それは擬似的な群制御に過ぎないから、自分はそれを言うのは嫌いなんですよ」

　と慶磊が言った。

「たとえば、兵隊二人を三台のアルマジロで囲んだとします。三台で二人を攻撃するのは弾の無駄遣いになる。手榴弾一発あれば良い。そういう時に、もっとも効率的な攻撃が出来るアルマジロが突進します。三台で瞬時に情報をやりとりして、誰が一番有利なポジションにいるかを決定して攻撃する。その情報のやりとりと決定は、人間の兵士同士がアイコンタクトして声を出して命令するより速い。でも、われわれが目指しているのはそのレベルではないですからね……」

「私だってまったくの素人というわけではないぞ」

「ええ。少佐でもモンテカルロ法くらいはご存じでしょう。ではマルコフ決定過程は？　時代は、ディープ・ランニングでも強化学習に移りつつある。凄まじい勢いでこの分野は進歩している。われわれが論文を一本読み込んでいる間に、新しい論文が何本も発表される。その論文が読み込むべき価値があるかどうか判断するＡＩが欲しいくらいですよ。

　そんなことより問題は、この敵ですよ。明らかに、MANETの中継器を狙って誘導爆弾を叩き込んできた。それで作戦が躓いたし、多くの犠牲者も出している。敵が放ったドローンの数も性能も知れていますが、使い方は、なんというか、ピーキーだ。やっかいな敵です」

「頭痛の種だな。昨日だけで、MANET用中継器が三〇台以上破壊された。それを背負っていた兵隊ごと、誘導爆弾で木っ端微塵だぞ。たかが無線LAN中継器を潰すために爆弾を放るなんて。さすがにサイエンスパークの中までは爆弾は落とさないと思うが、何とか対策を考えないと。われわれの強みが相殺される。ドローンも前方展開できなくなる。第3梯団が到着するまで、ほんの数時間凌げば良い」

「それ、失敗したら、この戦争も白旗を掲げて終わりですよね？」

「心配するな！　董三兄弟。必ず成功する。この期に及んで、失敗する可能性がある上陸作戦なんぞやるわけがない。私は信じているよ。中国の科学力も軍事力もな。君たち三人は、その一角にいるんだぞ？　誇りを持て」

電圧低下を報せる警報が部屋の隅で鳴った。近隣の太陽光パネルを繋いで電力を確保していたが、雲が出て来たせいで効率が落ちていた。これ以上低下すると、自家発電装置を動かす必要が出てくる。それは燃料を食うし、騒音と熱も発するので、敵に発見される恐れがあった。


水陸機動団を率いて高雄左営に上陸して来た水機団仮団長にして、第一空挺団・第四〇三本部管理中隊、その実特殊部隊〝サイレント・コア〟を率いる土門康平陸将補は、連結使用型指揮通信車・通称〝メグ〟&〝ジョー〟の指揮車〝メグ〟の指揮管制コンソールで、スキャン・イーグルが送って遣す赤外線映像を見ていた。

　西部方面戦車隊の10式戦車が、前方に散開する歩兵の助けを得て烏渓（ウーシー）に掛かる橋を渡る所だった。時々、レンズに雨粒が付着するようになっていた。その橋を渡るともう台中市だ。

「今日の天気予報は曇りか晴れじゃなかったかな……」

　と北京語でぼやいた。

「偏西風と貿易風がぶつかる時期は、あまり当てになりませんね」

　と台湾陸軍第10軍団作戦参謀次長の頼若英（ライルオイン）中佐が隣から応じた。彼女はさっきから、海上の状況を映す海軍戦術データシステム（NTDS）のモニターに視線をやっていた。そのモニターは正面を埋め尽くす十数枚のパネルの端っこの一番見辛い所にあった。

　一隻の艦艇が、凄まじい速度ですっ飛ばしていた。たちまち与那国西方海域を抜け、基隆沖へと達している。台湾海軍艦艇はすでに台湾北端を回って海峡へ抜けようとしていたが、すでに追い付きつつあった。艦隊速度はせいぜい一八ノット。これでも旧式艦揃いの海軍としては飛ばしている方だ。だが、その艦〝富江〟は、四〇ノット近い高速ですっ飛ばしていた。

「リベット、中佐殿が気になるようだから、そのNTDSの情報を正面に映してやれ」

「いえ！　すみません。将軍。そんな必要はありません。消してください！　気が散るだけです」

「君らは姉弟揃って優秀らしいね。撃沈されたばかりというのに、最新鋭艦の艦長に抜擢されるなんて」

「はい。でも、両方戦死したら、親が悲しみます」

「消しますか？」

　とリベットこと井伊翔（いいかける）一曹がコンソールに手を伸ばした。

「ま、サイズ半分にしてどこかに残しておけ。姜（かん）三佐、例のFNのあれさ、うちには届かないの？」

「あれ、台湾軍に届けられる予定だった装備ですよ？　うちはまだこれから評価予定のはずでしたから。われわれにあれを取り上げる権利なんてありません」

原田とともに一個小隊を率いる姜彩夏（あやか）三佐が答えた。

「良いんです。郷土防衛隊に持たせた所で宝の持ち腐れだし、台北に立て籠もった奴らはただの腑抜けですから。誰か他人が危険を冒して戦ってくれるなら、鉄砲でも戦車でも横流ししますよ」

「あの台北の連中の態度は問題ありだね。でも、日本でも一時期、そういう他人頼みな態度が流行った時代があったよ。尖閣で何かあっても、日米安保があるから自衛隊は何もしなくて良いと、国民が安心していた時代があった。自国を守る戦争を、ご近所さんがやってくれると思った時代がね。自衛隊の一部ですら、尖閣で何かあったら、誰が血を流して戦うんだ？　と互いの顔を見合わせたくらいだ。とはいえ、さすがに少年兵は感心しないな。私が台北の国防部にいたら、二、三人ぶん殴ってやる。お前達は、子供に銃を持たせてそれでも軍人かと」

10式戦車が、橋を渡りきり、砲身を左右に振りながら街中へと侵攻していく。かつてそこは、頼中佐が民間人を巻き添えに掃討を命じた場所だった。林立する高層アパートに立て籠もる敵を戦車や重機関銃で容赦無く掃討させた。住民は避難する暇もなく、逃げ惑う所を流れ弾に当たって無残に死んで行った。

攻撃続行を躊躇う部下たちを、腰のピストルを抜いて脅すしかなかった。しかも、その戦闘も犠牲も、台北市長の非武装都市宣言によって全て無

意味になったのだ。あの時、死んだ民間人の遺体は、今も瓦礫の中に埋まったままだ。

　第10軍団の兵士たちが、戦車より前方をビラを撒きながら前進していた。

「あの非武装都市宣言は、間違い無く違法なのですよね？」

　と頼は確認するように言った。

「頼中佐、説明するのを忘れていたが、実は私は、専門は国際法学なのだよ。いや、この部隊が立ち上がって間もなく、これからは国際法の専門家も必要だろうからと、派遣された。当時の部隊長からは、何か人事のミスがあったようだから、帰ってくれと言われたほどでね。台中市長の非武装都市宣言は、そもそも市中に解放軍兵士が留まって、バカスカ撃っている点で、構成要件を全く満たしていない。宣言自体が無意味だ。それを有効なものとするには、両軍の合意が必要になる。現状では、解放軍も台湾軍も同意していないからな。市長の単なるパフォーマンスという以上の値打ちはないな」

　歩兵部隊が、台中市を南北に流れて烏渓に注ぐ筏子渓(ファツーシー)の橋まで差し掛かるといったん立ち止まった。

　頼中佐は、スキャン・イーグルの画像をズームさせて、その前方を見遣った。取り立てて、敵が待ち構えているようには見えなかった。市中に立て籠もる敵はたぶん大隊規模以下だ。抵抗するには、行政エリアの周辺に立て籠もるしか無かった。

　頼中佐は、姜三佐から借りた衛星無線機のヘッドセットで、参謀部直属となった黄九雲(ファンジューヤン)中尉を呼び出した。濁水渓(ジュオシュイシー)の戦いで部隊の半分近くを失う凄絶な戦いをやってのけた仲だ。出会いは軍学校の教官と士官という場だったが、今は一番信頼していた。彼女の小隊が最前部を前進していた。

「中尉、前に出なさい！――。敵はいない。あるとしたら狙撃のみよ」

　戦車部隊を背後に従える歩兵を狙撃するのは無謀としか言えなかったが。

　歩兵が一斉に駆けだして橋を渡り始めた。さて、敵はどこで阻止するつもりなのか……。

　街の東側から、部隊を援護する戦闘ヘリ部隊が現れた。肩撃ち式ミサイルを喰らう恐れがあるので、市街地上空には入らない。それで一機撃墜されていた。だが、そのローター音は脅しにはなるはずだった。

　リベットが、陸自部隊の展開状況を示すモニターを示して「第三即機連指揮所、立ち上がったようです。向こうの連隊長が通信を求めています」と告げ、土門にヘッドセットを被るよう指示した。

「なんで？」

「水機団長にご挨拶したいんじゃないですか？」

「俺は、台湾派遣部隊の総司令官だっけ？」

「似たようなものではありますね。ここ台湾にいる最高位の陸自幹部ですから。というかたぶん、映像回線の接続確認したいだけかと思いますが」

「了解。繋いでくれ。台中進軍のモニターを怠るな」

　映像回線が繋がれると、うす暗いテントの中で、誰かが「もっと明るくしろ！　こっちの表情が見えないぞ！」と怒鳴っていた。

「ああ、気にしなくて良いよ。音さえ聞こえれば問題は無い」

　と土門はヘッドセットを被りながら応じた。誰かがマグライトで連隊長の顔を照らした。

「第三即応機動連隊長　堤宗道（つつみむねみち）一佐であります！　遅くなりました、陸将補――」

「ご苦労！　連隊長。だが、君の部隊は別に私の指揮下ではないよね？」

「いえ、台湾派遣部隊は、自動的に水機団長指揮下に入れとの命令を受けております」

「初耳だぞ、そんなの。私の部隊は、台中攻略と新竹制圧の二正面作戦を強いられている。台北にいる君らのことまで……」

「幸い、ここは全く平和でして、国防部からの要請は、とにかく、日の丸を上げた軍用車両で台中市内をパトロールし、自衛隊の存在を市民にアピールしてくれるだけでよいと。戦闘参加はたぶん無いだろうからと……」

土門は一瞬、カメラの外にいる姜三佐を見遣った後、これもカメラの視界外で、腰の辺りで右手の人差し指でモニターの一角を指差した。

姜三佐も、そのカメラに映り込んでいる人物に気付いて「は?」という表情をした。

「なるほど。戦闘車両も持って来たの?」

「はい、何しろうちは即応部隊ですから。そういう前提で日々訓練に励んでおります」

「わかった。一応、天気に注意してくれ。海自から、解放軍が人工降雨で何か仕掛けてきそうだという警報が届いている。台湾軍との意思疎通は問題無いね?」

「はい。あいにくとわれわれは北方部隊で、北京語の教育は行っておりませんでしたが、国防部から通訳を付けていただきましたので、若いですが、優秀な新米士官さんのようです」

「そう。ちょっと挨拶をさせてもらえる?」

陸自の迷彩柄作業帽の鍔部分で顔を少し隠した女性が幕僚スタッフの後ろに隠れていた。

その女性が、嫌々という仕草で堤の横に立った。

土門は、あくまでも儀礼的な微笑みを讃えて、

「そこに台湾同胞なり、北京語がわかる人間が他にいるかね?」と恐ろしく早口の北京語で尋ねた。

「いえ、いません」

「なんでそんな格好をしている？」

「台湾人としての義務を果たしています！」

「彼女は知っているのか？」

「許可を取る必要があるとは思いませんが」

また心配の種が一つ増えた……。

土門は一瞬、笑顔のまま黙り込んでしまった。

堤一佐が何事だろう？　と口を開いた。

「あ、陸将補……。彼女の日本語能力には何ら問題はありません。陸軍軍人の家庭に育ったとかで、こちらの階級章もだいたい理解しているし、キドセンのことも知ってました。びっくりしたのですが、なんでも日本滞在中は、陸自にいたおばさんのところに下宿していたとかで。まだ知り合ってほんの一時間ですが、彼女以上の適役はおりません！　戦闘はない前提なので、問題はないかと思いますが？……」

「あ、すまん。何でもない。ただ、その若さで、彼女の御家族は承知のことなのかと気になってね。うん……。まあそうだよね。戦闘は無いし、いや、別に問題は無いと思うよ」

そして土門はまた早口の北京語に切り替えた。

「あの人には内緒だぞ！　私と君は会っても喋ってもいない。それで良いな？」

「はい。感謝します。最善を尽くします！」

「そんなことは良い。いざとなったら逃げろよ。では堤一佐！　何かあったらいつでも連絡をくれ！　以上だ」

こちらから回線を切ると、土門はしばらく腕組みして「司馬さんに殺されるぞ……」とぼやいた。

「あの娘さん、司馬さんの初恋の相手のお嬢さんですよね？　司馬さんのお店で何度か会ったことがある」と姜三佐が言った。

「滅多なことを言うな、殺されるぞ。こういうことになるんじゃないかと恐れていたんだ。でも私のせいじゃないよな？」

「そうですね。知らなかった……、が司馬さんに信じてもらえれば、隊長に責任はありませんね。それが通ればの話ですが……。でも、もし万一何かあったら、われわれ二人とも、あの人に刺し殺されますよね？」

「まあ良いさ、どうせキドセンの出番なんて無いだろう。台北に留まる限りはな。彼らもご苦労なこった。いくらロシアが骨抜きになったからって、何も北海道最北の部隊に派遣命令を出すことは無いだろうに……」

　頼中佐が、「何か複雑な事情なのですか？」と二人に聞いた。

「ああ、まあお茶する時間でもあったら教えてあげるよ。リザード、天気はどうだ？」

「はい。海峡上の雨雲は依然として発達中です。雨のせいで、レーダーが多少、影響を受けている様子です。グロホやトライトンの情報が一部空白になりつつあります」

「要注意だぞ。気をつけろ」

　とは言え、台湾海軍は海峡へとまた向かっているし、こちらの応戦準備も万全だ。花蓮空軍基地は完全に復活しているし、さほど心配することは無いだろう。

　新竹はここから八〇キロも北だが、戦車を置き去りにすれば、数時間で応援に駆けつけられる。台湾軍海兵隊も当てに出来る。隙は無いはずだ。たぶん……。

第三章　中国大返し

　基隆沖にも僅かだが波が出て来た。台湾海軍の主力というか残存兵力が、海自艦隊の南側を抜けて、台湾最北端の富貴角（フウグイジアオ）岬を越えて台湾海峡へと入っていく。

　海上自衛隊なら、とっくに退役している旧式艦ばかりだ。すでに一度総力戦をやって、大分数を減らしていた。これが彼らにとって最後の戦いになるだろう。

　海上保安庁から借りているシー・ガーディアン無人偵察機が、桃園空港沖五〇キロ、高度二〇〇〇メートルを飛んでいた。海面は白波が立っている。


　イージス護衛艦〝まや〟（一〇二五〇トン）の旗艦用司令部作戦室（FIC）で、國島海将補は、少し苛つきながら、その映像を見ていた。

　映像はちょくちょく切れるし、何より、ただ同じエリアをぐるぐると回っている感じだった。もう少し西を見たいのに……。光学センサーの視程は酷く、旋回している地点からせいぜい五マイル先を見渡すのが限界だった。数分ごとに視程が悪化していく。

「これ、データリンクが切れているせいなの？」

「そのようです。衛星とのリンクが切れると、リンクをリクエストしつつリンク可能なエリアまで後退します。そこでまた新たな指令を受け取って前進、また切れたら戻ってくるの繰り返しです」

と首席幕僚の梅原一佐が言った。

「しかし、衛星リンクが切れるほどの雨ではないだろう?」

「確かに。沿岸部を飛行しているP‐1哨戒機も、レーダーの可視エリアが狭まっているようですし……」

艦隊気象班長の恵比原三佐が駆け込んで来た。

「今、よろしいですか? ハワイの米軍合同台風警報センター(JTWC)とやりとりしています。まず、この雲は明らかに線状降水帯へと発達しつつあり、最大限の注意が必要である。恐らく、この人工降雨技術は、西側の最新の技術より一〇年は先んじており、雨雲がどこまで発達するか予測できない。付近の気圧が猛烈に下がりつつあるため、海上も大時化(おおしけ)になる模様。細心の注意が必要である」

「それはわかったとして、でもまだそこまでではないよね? しかも、どうもこれ、電磁波を阻止というか、吸収している印象があるが?」

「はい。向こうもそれを疑っています。人工降雨のための種と一緒に、アルミ片の類いを大量にばらまいたのでは? と」

「そのチャフの類いとは少し違う気がするがな……。引き続き、厳重にワッチしてくれ」

「もちろんです!」

気象班長が出て行くと、國島は、「うちのP‐1をもっと洋上へと出すか?」と提案した。

「やりようはあると思います。シー・ガーディアンをレーダーなり光学センサーに捕捉できる状況で、シー・ガーディアンより大陸側には決して出るなという条件で。シー・ガーディアンをロストしたら、直ちに退避するようにと」

「それでいいだろう。パイロットがそれを遵守するならな」

「しかし、レーダーが使えないとなれば、条件は敵にとっても同じ。赤外線誘導ミサイルも制約は受ける。安全とは言わないが、撃墜されるリスクも軽減できます」

「そうパイロットが判断して無茶をしでかすことを恐れているんだ」

「まあ、連中のことですからね」

「われわれももう少し出よう！　第3梯団の出発が今度こそ事実なら、洋上での激しい砲雷戦になるぞ」

　第3梯団の揚陸部隊が出撃したという情報は、日に二度は発せられる。これまでは全て、こちらを翻弄するための陽動だった。今回、それが本物だという情報はまだ何も無かったが。

　だが、警戒は怠れない。海峡の幅はたかが百数十キロ。ほんの二時間で渡ってくるのだ。気付いた頃に、那覇から対艦ミサイルを抱いた戦闘機を飛ばしても、とても間に合わなかった。

　宮古島に隣接する下地島空港を飛び立った第三〇七臨時飛行隊のＦ‐15ＥＸ〝イーグルⅡ〟の四機編隊は、その日二回目の台湾本土上空での警戒飛行に入っていた。

　四機編隊の内一機は、紅白のど派手なペイントを纏っている。操縦するのは、新庄藍（しんじょうあい）一尉と、後席パイロットのエルシー・チャン米空軍少佐だった。

　この機体は、今日まで信じられないようなキル・スコアを上げていた。そのお陰で、本来なら決して認められることがないような派手なカラーのペイントが許されていた。

　新庄のかつての恋人が乗っていたＦ‐35Ｂ戦闘機が撃墜された。その恨みを晴らすための決意のペイントだった。

イーグル部隊は、戦闘爆撃機として離陸した。胴体中央部には、GBU‐53／B〝ストーム・ブレーカー〟滑空爆弾八発を、その他に、アムラーム空対空ミサイルとサイドワインダー空対空ミサイルを八発ずつ搭載している。

地上部隊の援護も出来れば、空対空戦闘も出来る重武装だった。幸い、地上部隊が善戦してくれたお陰で、しばらく地上の援護は必要ないだろう。あるとすれば台中の攻防くらいだが、まだ交戦状態に陥ったという報せは無かった。

海峡を第3梯団が渡って来るという警報も出ているが、こちらは、戦争初期から台湾に展開している米海兵隊が、地対艦ミサイルをぶち込むことだろう。いざとなれば、移動目標であっても、ストーム・ブレーカーで攻撃できる。何しろ艦船は戦車より遥かに巨大なターゲットだ。

高度六〇〇〇フィート、中央山脈の東側影を飛んでいる。そうすれば、大陸側のレーダーに探知されずに済む。

西の空は、分厚い雲が張り出している。その雲が山脈を越えて東側にも徐々に達しつつあった。

コクピットを何かの影が横切る。東の空を見上げると、F‐35A戦闘機の四機編隊が上空を横切ろうとしていた。

「ウクライナでもあったわよね……」

と後ろからチャン少佐が呼びかけた。

「何度もロシア軍を撃退し、街を解放し、敵はもう諦めただろう、もう侵略者の息の根を止めたに違いない！　と思うそばからミサイルが飛んでくる。まるでどこか異次元でミサイルを量産しているみたいに、とっくに枯渇しているはずのミサイルが飛んでくる。終わりが見えない」

「そうですね。でも、ロシアに挽回のチャンスがあったわけでもないですよね？」

「中国が同じ轍を踏むとは思えないけれど、でもやっぱり、海という天然の要害は大きかったわよね」

　彼女らの編隊よりまだ西側を、Ｅ‐２Ｄ〝アドバンスド・ホークアイ〟早期警戒機が飛んでいた。普段なら、この手の警戒機が味方戦闘機より敵に近い空域を飛ぶことはあり得なかったが、今は、Ｅ‐２Ｄより更に前方を、台湾空軍のＦ‐16Ｖ戦闘機が飛んでいた。

　事実上、台湾海峡の航空優勢はこちら側にある。中間線より東側に限定すれば、台湾が完全な制空権を回復していた。

　そのＥ‐２Ｄのレーダー情報は、このＥＸ戦闘機も受信していたが、状況は悪化するばかりだった。Ｅ‐２Ｄでも洋上の艦船はある程度は見えるし、映る。ところが、それがまず全く見えなくなった。続いて雲の向こうに飛んでいるはずの戦闘機が見えなくなり、今はついに、雲の中や下を飛んでいる台湾空軍の戦闘機が見えなくなった。

　さすがにそれは異常な事態だった。

　ＡＷＡＣＳから新たな指令が届いた。西へ出るＰ‐１哨戒機を護衛せよ、という命令だった。

　Ｐ‐１の取得データも届いているが、向こうも高性能のフェイズド・アレイ・レーダーを装備しているのに、視界が得られない様子だった。

「もう一時間くらいは飛べますよね？」

「いざとなったら花蓮に降りましょう」

　二機のＰ‐１哨戒機が、台湾中部と北部に展開している。

　台湾空軍のＦ‐16Ｖ戦闘機が、雲の下から東へと出てくる。低気圧の雲高はすでに三〇〇〇フィートを越えていたが、Ｆ‐16Ｖの編隊は、その上も飛んでいたので、さほど心配は無かった。それだけ下は荒れているということだろう。

イーグルの二機編隊の編隊長機として、新庄は台中市の東五〇キロの山脈上空を飛んだ。

山脈を越える直前にかなり高度を取ったが、すぐ高度を下げる。不思議なことに、大陸からのレーダー波は無かった。

沿岸部のレーダー・サイトはほぼ潰したが、移動式のレーダー・サイトも当然あるはずだ。それが出て来ていないとは不思議だった。艦船のレーダー波もないが、こちらはたぶん無線封止状態だろう。

こちらも同様だ。ＥＸ編隊は、自機の位置が露呈するレーダーは滅多に使わない。空対空戦闘にはレギオン・ポッド、対地攻撃にはスナイパー・ポッドを利用する。

Ｐ‐１哨戒機は、しばらくはＥ‐２Ｄに映っていたが、それも途切れ途切れになった。

「これは、いったい何が起こっているんですか？」

レーダー情報は無くとも、Ｐ‐１哨戒機は自機でレーダーを発している。だが今はそれも途切れ途切れだった。

更に高度を落として雨雲の下へ出ようと足掻く。眼下に台湾の街並みが見えて来た。上空から見下ろす限りでは、平凡で平和なアジアの、良くある田園風景だ。

新竹の手前で洋上へと出る。酷い視界だった。キャノピーの外は真っ白だ。まるで、水中眼鏡なしに、乳白色の海に飛び込んだような感じだった。首を回すと、辛うじて海面の白波が見える。それで天地がわかる程度だ。

「高度喪失に気をつけなさい。右、二時方向、Ｐ‐１」

「ポッドで見えていますか？」

「レギオン・ポッド、スナイパー・ポッド、両方で見えているわよ。問題無い」

　Ｐ‐１は、味方戦闘機の接近に構わず前方に出て行く。

「あれ、機首のＥＯセンサーは降りてますよね？」

「そうね……、ええ。降りているわ。降りているように見える」

　新庄は、哨戒の邪魔にならないよう、機体の東側後方からゆっくりと接近した。少なくともこの天候では、敵の戦闘機が雲の中を飛んでいてもどうにもならないだろう。その可能性はゼロでは無かったが、酷く荒れた天気だ。Ｐ‐１のレーダーに敵機が映っていないとしたら、たとえ近くに潜んでいても、敵戦闘機のレーダーにも何も見えていないということだ。

　イメージ誘導型ミサイルは脅威だが、それを使って敵が仕掛けてくる時は、自分らが応戦して哨戒機を守れば良い。

　接近すると、哨戒機の機首下から、球型のＥＯセンサーが降りているのが確認できた。

「拙い！――」

　突然、チャン少佐が叫んだ。

「水平線上に多数の敵艦船よ。速度からすると、最前列はミサイル艇ね！　ウォータージェット推進の022型、紅稗（ホンバイ）型ミサイル艇。派手に水しぶきを上げながら向かってくる。Ｐ‐１に見えてないの？」

「あのＥＯセンサー、スナイパー・ポッドほどの性能はでないかも知れないですね」

　こちらの情報は、ほぼリアルタイムでアップロードされる。だがそれも無線状態が良好ならではだ。今は時々、ＧＰＳ受信が断線する。まず滅多に遭遇しない現象だった。

「アップロードできています?」

「時間が掛かりそうよ……」

新庄は、コースを同調させるとぐいっとP‐1のコクピットに幅寄せし、パイロットがこちらを振り向いた瞬間、ハンド・シグナルで「海面に敵!――」と警告して離れた。

相手は、この機体の塗装に一瞬、苦笑いした様子だったが、P‐1が慌てて反転して離れていく。敵艦との距離は、せいぜい一万メートルもないはずだ。なのに、レーダーでもEOセンサーでも見えないとは。いったい何が起こっているのだ……。

ミサイル警報が鳴った。

「ブレイクします!」

新庄はラダーを蹴って左翼へと旋回した。だがミサイルは見えない。

「チャフ&フレア出しますか?」

「ちょっと待って……。敵も見えていない。当てずっぽうで撃っている。ああ見えた!……。大丈夫。一〇時方向、海面に二発、墜ちるわ」

新庄には見えなかったが、レギオン・ポッドの光学センサーはそれを捕らえていた。

「前に出て、ミサイル艇を攻撃しますか?」

「いえ。GPSがここまで不安定だと、ストーム・ブレーカーでも追えない。無駄弾になるわ。バルカンでの攻撃は出来るでしょうけれど、その隙に雲の中から敵機が降りて来ることでしょう。リスクが大きすぎる」

「けれど、ここで迎撃しないと……」

「ええ。一時間もせずに沿岸部に達するわね。海軍や陸軍に任せましょう。まだ打てる手はあるはずよ。高度高度!――」

旋回したせいで、高度が一気に一〇〇〇フィートも落ちていた。新庄は慌てて機体を建て直した。

危うく空間識失調に陥るところだった。

「気を付けてよ！　こんな海面に不時着はご免よ。激突も」

「はい、はい！――、引き返します」

危うく僚機を巻き添えにして海面に突っ込む所だった。雲中及び雲底下の飛行が禁止され、全ての戦闘機は、雲の上へ出るよう命じられた。哨戒機は、台湾上空へと下がっていく。E‐2Dも徐々に後退し始めた。


基隆上空まで前進していた航空自衛隊警戒航空団のボーイングE‐767空中早期警戒管制指揮機(AWACS)は、四機の護衛戦闘機に守られていたが、南下しつつも、中央山脈東側へと向かい始めた。

高度は四四〇〇〇フィート。成長する雨雲よりやや高い。その機体は陽光に照らされていたが、キャビンに窓はないので、天気はコクピットでしかわからない。

何が起こっているのか少しずつ見えてきた。

「明らかに、チャフよね……」

飛行警戒管制群副司令の戸河啓子(とがわけいこ)二佐は、コクピット背後の空間で、壁に掛けられたモニターのレーダー情報を見ながら、第六〇二飛行隊副隊長の内村泰治(うちむらたいじ)三佐に話しかけた。だが内村も首を傾げるしかなかった。

「そりゃ、現象としては、何かの電波妨害ですが、チャフはこういう反応はしないでしょう。チャフそのものが反射するのに、これはすっぴんというか、レーダー反射が無いんですから。しかもこの広範囲ですよ。昔、B‐52爆撃機が、列島中のテレビを映らなくさせたような、そんな感じの電波妨害だ。でも、あれだって一瞬ですからね。これはますます広範囲に拡大している。まるで雨雲と同時に成長するように」

「確か、この雲が発達する直前に、旧式輸送機が大陸から五月雨式に飛んで来たわよね？」

「アントノフ‐2型。木製飛行機。レーダーに映り辛いとは言っても、実際は映りますけどね。あれがたぶん、人工降雨の種を運んで来てばらまいたのでしょう」

「この雲の向こう側では何が起こっているのかわからない。アメリカの偵察衛星ででも覗かないと。でもグロホは、雲高の上から覗いているのよね。そのレーダーは使えている……」

「見える範囲は僅かだが、たぶん、高い高度を飛んで来る飛行機は見えるでしょう。海面は無理だ」

　二人は、コンソール・デスクの一つに近寄り、台湾の西海岸から三〇キロ海峡に入った上空を飛ぶグローバルホークのレーダー画像だけを表示させた。

　だが見えたのはほんの数機だった。

「ほら、この機体の背後に、巨大な反応が出ている。これは、Ｂ‐52が散布する弾幕妨害用のチャフと同じです。たぶん何十トンとばらまいている」

「でも手前の雲というか壁は違う。この雲のほぼ全域にわたって不可視エリアが出現している。明らかに従来型チャフと、何かわれわれが知らない未知の技術でこちらのレーダーを無能力化しているのは間違い無いわね。たとえば、大気中の水分と反応する物質とか、あるいは、その雨の核となる種物質そのものとか」

「そんな超技術があったなら、どうしてもっと早く使わなかったんです？」

「条件は互角になる。味方だってレーダーや無線が使えないということじゃない。それは結構辛いわよ」

「全部隊に警報を出しましょう。われわれは現在、台湾島全土を覆うような広範囲な電波妨害を受けている。レーダーはもとより、無線から衛星に至るまで、通信不能に陥る可能性もあると」

「そうするしかないわね。この現象が短時間で終わることを祈りましょう。もう二時間も続くようなら、第3梯団の上陸を阻止出来ないわよ。真っ昼間なのに、どこに上陸するかも見えないし、上陸を目撃しても無線連絡すら取れない。全飛行部隊を後退させて。海峡の航空優勢を一時的に放棄します。台湾海軍が前進し過ぎだけど、仕方無いわね。これではどうしようもない」

　ＡＷＡＣＳは更に後退し始めた。今の風は西風だ。この線状降水帯が東へ移動するとしたら、西側の解放軍からレーダーや無線が回復することになる。拙い状況だ。

　どんな現象、どんな化学反応物質なのかわからないが、中国の科学技術が、ついにそこまで来たということだろう。

　台湾空軍の戦闘機はしばらく雲海の上空に留まっていたが、徐々に後退し始めた。代わって、台中市近くを旋回していた戦闘ヘリの編隊が、海岸へとコースを変えようとしていた。


　台湾全土で無線が飛び交い、陸海空海兵隊、そして郷土防衛隊に、無線途絶と第3梯団上陸に備えるよう命令が出された。

　台中市では、ついに第10軍団と解放軍の激しい銃撃戦が起こっていた。まず台中市を南北に真っ直ぐ貫く文心路（ウェンシンルー）一段に最初の防衛ラインが張ってあった。そこを突破してもまだ台中市役所まで三キロはある。

　第10軍団は、ここで迂回策を採り、別働隊を北側から迂回させて、まず解放軍の退路を断った。

そこからでも、しかしまだ道のりは遠い。住民はすでに避難した後で、市長側に付いた郷土防衛隊も今は雲散霧消状態。だが、奇策を弄して第10軍団を苦しめた第2梯団の抵抗は頑健で、侮れなかった。

水機団を率いる土門は、苦しい状況に立たされていた。台中市の解放には時間が掛かる。だが第3梯団がどこにどんな兵力で上陸してくるかもわからない。

こいつはまるで、毛利攻めの最中に本能寺の変を聞かされた秀吉だな……、と思った。

だが、土門は直ちに決断した。

「リベット、原田小隊に伝えろ。間もなく無線も何もかも電波は使えなくなる。スキャン・イーグルのデータも拾えない。そして、第3梯団が上陸してくる。規模も場所も不明。だが、そちらに来るという前提で応戦せよ。いざという時は、戦術的撤退を許可する。支援に赴くつもりだが、間に合うかどうかは不明。〝メグ〟を出せ。水機団指揮所に横付けさせろ」

「了解。通信はすでにサウンド・オンリーです。映像回線は繋がりません！」

「頼中佐、黄中尉の小隊を呼び戻してくれ。一緒に行動する必要がある！」

土門は、運転席側の作戦用テーブルに移動して台湾の地図を広げた。

「敵はどこに上陸してくると思う？」

と姜三佐と、頼中佐に質した。

「この近くは無いでしょう。上陸に適したビーチはありません。工業港の護岸に横付けするわけにもいかないでしょうし。安全策を採るなら、再び濁水渓付近ですが、それはもう除外して良いでしょう。今更南部を占領することに戦略的価値はない」

「同感だ。台中に孤立した第2梯団を救うために、せっかくの第3梯団の戦力を割くのも勿体無い。私は、新竹から桃園に掛けての沿岸部だと思う」

「ここから増援に赴くにしても一〇〇キロはありますよ？　新竹にしても」

　と姜三佐が疑義を呈した。

「すっ飛ばせば二時間だ。秀吉じゃないが、その可能性は考慮済みだろう？　敵が一時間後上陸してくるとして、現地に一時間耐えさせれば良い。できれば、台北から支援も仰ぎたいがな。当然そうすべきだが。おいリベット！　台北の即機連とはまだ連絡を取れるか？　至急前進させたい！」

「サウンド・オンリーなら。直接お話になりますか？　今繋ぎます！」

　回線が繋がると、土門は指揮テーブルから繋いだインカムで簡潔に命令を下した。

「第3梯団上陸に備えて、至急、南西へ向かえ！　桃園へと向かい、桃園が安全だと判断できたら、新竹へと向かえ」

「われわれだけで、第3梯団を迎え撃てとの命令ですか？」

　と堤連隊長は泡を食った感じの声で問い返した。

「そうだ！　他に誰がいる。なんのための装輪部隊だ。われわれも向かうが、君たちの方が圧倒的に速い。どのルートが良いかは通訳に聞け！　了解したか？」

「はい。まず桃園へ、安全の確認の後、新竹へと向かいます！」

「急げ！　通信終了――」

「良いんですか？　あの娘も一緒ですよ？」

　姜が注意を促した。

「悪いが、通訳が何者かは知らん。君もだぞ」

　土門は固い表情で告げた。

「賭けですよ……」

　姜三佐は、正しい決断かどうか全く自信がないという顔だった。

「賭けは賭けだ……。桃園も新竹も、守る側はもうボロボロだ。いくら海兵隊が駆けつけたからと言って、あの程度の戦力では持たないだろう。応援が必要だぞ。頼中佐、見たところ、第10軍団は立ち直りつつある。われわれがいなくとも、このまま押せると思うがどうだ？」

「はい。さすがに電動キックボードやホバーバイクで翻弄した敵も、弾切れ電池切れでしょう。まだ堅いですが、押せると思います。唯一の懸念材料は、彼らが台中を捨てて脱出し、移動中の部隊を背後から襲撃することです」

「それはあるだろうな。警戒するしかない」

　烏渓南岸に留まる水機団指揮所に指揮車両が横付けされると、土門は指揮所天幕に飛び込んだ。まだ土砂降りというほどではないが、外は本降りの雨だった。

「ツカさん！　移動してもらうぞ。ここは台湾軍に任せる。通信がアウトになる前に命令を出したい」

　水機団副長の塚崎誠也一佐、第一機動連隊連隊長の白馬剛一佐、西部方面戦車隊の舟木一徹一佐が集まっていた。

「新竹へと向かう！　敵はほぼ間違い無く、あちらへ上陸してくる」

「もしそうでなかったら？」

　と塚崎が聞いた。

「19式なら、ある程度の範囲はカバーできるよね。ざっくり四〇キロ四方。無線が使えないと着弾修正には苦労するだろうが。賭けるしかない。ここで時間を潰して、敵に橋頭堡を確保させるのは拙いぞ。台湾軍は台北に立て籠もって動こうとしない」

「それで良いんですか？　台湾のためにわれわれが血を流すことで……」

「私も納得しているわけじゃないが、今はまず敵を阻止することが重要だ。それとも、ここに留まり、台中攻略をやり遂げることが戦略的に正しい判断だと思うか？」

「いえ、陸将補の仰る通りです！」

塚崎は、今度はきっぱりと言った。

「戦略的にも戦術的にも、移動が正解です。ここの戦局が大きく動くことはありません」

「戦車は着いてこられるか？　10式、あれよく履帯が外れるよね？」

「舗装道路を走る分には、全く問題はありません！」

と舟木一佐が言った。

「しかし、いよいよ敵の戦車が来るということですか？」

「わからんね。でも、上陸に成功するなら、今度は、装甲車くらいきっちり揚陸するだろう。逆に、歩兵だけなら、われわれの出番は無いかもしれん。ここ数日、解放軍は沿岸部で一生懸命、車両部隊の揚陸訓練をやっていた。あれは虚仮威しではないと判断する。

舟木さん、はっきりさせておくが、今回は絶対に戦車が要るぞ。敵と遭遇した時、AAV7は巨大な的になるだけだ。その時、AAV7の前に戦車がいてくれなきゃ困る」

「もちろんです！　期待に応えてみせます。たかが一〇〇キロなど——。総火演での恥さらしのようなことは起きません！」

10式戦車は、軽量化のために転輪の数を減らした。そのために、どうしても履帯が外れやすい傾向があると批判されていた。

「大丈夫です！　運用実績は積みました。修理部隊も同伴。すっ飛ばしてみせます」

「キックボード部隊阻止のために、路面はあちこち剝がされている。タイヤでもそう楽には走れないが、ＡＡＶ7なら、川も渡れるし、いざとなれば、海岸線沿いも走れる。だが、いずれにしても、二時間だ。それ以上は掛けられない。通信が確保できないことを各部隊に徹底させろ。脱落したものは置いていくしかない。これは、中国大返しだと思え！　三〇分遅れると命取りになるぞ。事前の進行計画に基づき、新竹に入るが、もし通信途絶となった場合は、各個に戦闘継続ということにする。小隊だろうと一両だろうと、勝手に戦って敵を減らす。それを徹底させよ！　直ちに前線から部隊を撤収、北上する」

　歩兵を乗せた水陸両用装甲車のＡＡＶ7、10式戦車、19式装輪自走一五五ミリ榴弾砲部隊が戦力のほぼ全てだ。恐らく、この戦力で軍団規模の敵を迎え撃つことになる。敵はこちらの何倍だろうか？　と土門は思った。

「私は指揮車両で先行する！——」

　土門は、〝メグ〟に戻ると「部隊は戻ったな？」と姜三佐に質した。

「ブッシュマスターや軽装甲機動車他、台湾軍から借り上げた車両にも分乗、すでに経路啓開に出ました」

「よろしい。頼中佐、事後承諾になるが……」

「問題ありません。第10軍団には、自分から説明しました。一方的に、軍団長に伝えてくれという形ですが。早めに片付くようなら、彼らも追い掛けてくれるでしょう。黄中尉の部隊も追い掛けて来ます。どこかで追い越させて先導させます」

「そう願いたい。やはり背中は気がかりだ。あの第2梯団が、このまま黙って消滅するとは思えない」

　土門は、指揮コンソールの背後に立つと、腰のベルトに転倒防止のスリングを引っかけた。

「これが正しい決断だと胸を張りたいが……、君はこの戦争で自分が決定的なミスを犯したと後悔したことはないかね？」

　土門は、ほんの僅か不安な態度で頼中佐に尋ねた。

「考えないことにしています。起こったことは、動画みたいに巻き戻せない。自分に代わる人材がいてくれるなら辞表も書きますが、自分以上にそこにいるべき人材はいないと信じて前に進むだけです。将軍の判断は間違ってませんよ。台中の攻防は終わりではないし、第3梯団は来ないかも知れないが、今は備えるべきです」

「私は、尖閣での戦いで大勢の兵を死なせた。私の部下では無かったが、増援部隊の到着をミスった。兵員を満載したオスプレイは火だるまになり、ランディング・ゾーンは修羅場と化し、部隊長はおめおめと敵の捕虜になった。なのに、その部隊を任されてこんな所にいる。皮肉なものだ」

「貴方が適任だからです」

　と頼中佐は、姜三佐に同意を求めるかのように言った。姜は、ここで頷くべきかどうか明らかに戸惑った反応を示した。

「それは困るぞ、中佐。私の部下は、上官を煽(おだ)てることに慣れていない」

「客観的にみて……」

　と姜が口を開いた。

「われわれの見込みが外れた時の損害評価ですが、また台湾南部が占領されることになりますが、損害はさほどないでしょう。というか、守るべきは台北であることを考えれば、南の地方は、また時間を掛けて攻略すれば良い。そこから逆算すれば、第3梯団の目的地は新竹以北という読みも正しいと判断します」

「そうであることを祈るよ」

「われわれの通信がどの程度確保できるかわかりません。自分はブッシュマスターで先導し、指揮を取ります」

「そうしてくれ」

「あとで、黄中尉を合流させます。新竹が近づくと、検問所も増えるので」

　と頼中佐が告げた。姜三佐がポンチョを羽織って〝メグ〟を降りた。

「リベット、末端の通信確保はどうだ？」

「そうですね。小隊コマンドも通信も基本は衛星経由ですから、それはもうアウトです。なので従来型の周波数の水平無線に頼っていますが、広帯域多目的無線機（コータム）はまだ大丈夫なようです」

「では行こう！――」

　すでに、スキャン・イーグルは雲の上へと出ていた。こちらではコントロールできないので、本国からの操縦だ。誰かが、こういう時の運用方法をいずれ考えつくだろうが、条件は敵と同じだ。だが、こういう現象を惹起することを敵が想定していたなら、敵には備えがあるということだ。向こうが有利に立ち向かうことだろう。


　新竹では、そこいら中で軽機関銃の連射音が響いていた。敵を押しているというより、明らかに味方の損害が減っていた。それだけ敵の応戦を抑えているということだ。

　小型のドローンも姿を消した。交信状況の悪化が理由ではなく、激しい雨の中、飛行能力が低下したせいだった。だが、手榴弾を背負ったタイプは、まだ走り回っていた。

　道路の角や建物の影から突然飛び出してくるそ

れは恐怖だった。

司馬一佐は、自分が乗るコンテナ型指揮通信車両〝ベス〟を、交通大学の敷地内まで入れた。偵察ドローンが地上に降りれば、隠れ回る必要も無い。

だが、司馬自身は指揮車から降りる気は無かった。雨に打たれるなんて真っ平だ。林の中に隠した〝ベス〟に、原田一尉と、情報部にして台湾海兵隊少佐の肩書きを持つ王文雄（ワンウェンション）が乗り込んできた。台湾に多い京大留学組だ。もっとも王の場合は、中高からの日本留学だったが。

「フミオ、台北とは連絡が取れているの？」

「衛星携帯はもう不通です。軍が使っている地上波の無線を中継することでしか……。なので精度と速度は落ちます」

王も原田もポンチョ姿だ。司馬は容赦無く、「入り口で脱げ！　ここに水滴を持ち込むな」と命じた。

「いったいこの雨は何なのよ？」

「海沿いで育った台湾軍兵士が、田舎の臭いがすると言ってました。実際、舐めてみると塩っぽいです」

王少佐はＦＡＳＴヘルメットを脱ぐと、ハッチのドア口に掛けられた、誰が使ったかわからないバスタオルで頭部の水滴を拭った。

「どんな毒性物質が核になっているのかわからないわよ。そんなの舐めないで。知ってる？　一酸化炭素って、レーダー波を吸収するのよ。昔、ステルス戦闘機を開発したスカンクワークスは、戦闘機のコクピットを一酸化炭素で満たそうと計画したらしいわ。たぶん、これもろくでもない物質だと思うわよ。私は外に出たくありません。第３梯団は本当に向かっているの？」

「全くわかりません。地上ですら視程は落ち込んでいる。海上の視程はたぶん五〇〇〇メートルを割っています。それでレーダーも使えないとなると、本当に、眼の前に現れるまで気付かなくとも不思議はありません」

「作戦が必要です。仮に、味方が来てくれるにしても、時間が掛かります。それまで時間稼ぎしないと」

　原田が、全身から水滴を落としながら指揮コンソールに近づくと、司馬が眉をひそめながら窘めるように口を開いた。

「……敵が制圧する新竹空軍基地からここまで七キロもある。敵は一応、そのルート上も確保している。今私たちがここを瞬時に解放して空港へ向かうとしても、その七キロを一時間では移動できない。敵はすでに空軍基地に空挺堡を築き、洋上からもこっそり潜水艦で補給を続けていたわけで、ということは、ここにまともな部隊が一個師団、ワープして現れない限り、敵の上陸を阻止することは全く不可能よね？　そこ同意してもらえる？」

「その場合は、上陸して来た敵が空軍基地から街中へ出られないよう包囲するだけでも、われわれの任務ということとなります」

「そうなの。じゃあ頑張って！　影ながら応援するわ」

　司馬はいつものように、全く他人事のように突き放した。

「いえ……、そこは司馬一佐が一応、指揮官というか、あれなので、作戦を立てる必要があります」

「あれって何よ？　私は水機団の格闘技教官兼語学講師であって、いかなる作戦幕僚でも部隊も預かってもいないわよ？　あたし、一佐なのに、班も持たないし、副官もいないんですから」

「そりゃ、誰がやってきても三日で逃げ出すからでしょう！」

「貴方、たまには作戦のお勉強とかもしなかったの？」

「すみません、お二人共。対応策を優先しましょう！」

と王が宥めた。

「われわれはたぶん押しています。敵の上陸に間に合わないにしても、ここを早めに片付けて、移動する手立てはあるはずです」

「しょうがないわね。ま、これは、秀吉の中国大返しのようなものよ。敵だって、第3梯団が無事に上陸できるかどうか半信半疑でしょう。毛利の清水宗治を小舟の上で切腹させ、さっさと引き揚げろということでしょう？　兵隊は、そのエヴォリスに慣れたかしら？」

「はい。アモ・ボックス二箱分くらいはすでに皆撃ってます。前進の度合いはさほどではないが、敵の反撃は明らかに低下しています」

「では、オモチャの使い方にも慣れた所で、前進しましょう。ガル、例のマップを出して！」

ガルこと、待田晴郎一曹が、一番大きい三二インチのモニターに、敵が立て籠もるサイエンスパークの俯瞰画像を出した。

そして、膝下に置いた段ボールから、A6サイズの束ねたプリント用紙を原田に手渡した。

付近の地図に、味方が立て籠もる場所のマーク、敵の防御陣地の×印、ナンバーが振られた六名編成の軽機関銃チームに、それぞれ赤い線で前進ルートがすでに割り振られていた。

「おお！　さすがやるとなったら仕事は速い」

と王が感心した。司馬が早口で喋り始めた。

「愚連隊は今、街の北側を完全に抑えている。逆に、解放軍は、海岸から空軍基地、このサイエンスパークまでを抑えている。ところで、解放軍がもう一つ抑えているエリアがある。ここ新竹サイエンスパークに隣接して、南東の山側に入った宝山郷。宝山、実はここも新竹半導体の工場があちこち無数に点在している。山というほどの高さはない。アップダウンがあって緑が豊富という土地柄よね。攻撃を二箇所に集中します。一箇所は、この粒子加速器研究場の西側から突っ込ませて、空軍基地との補給路を切断。それは、ファームに指揮させれば良い。運が良ければ基地近くまで制圧できる。貴方は本隊を率いて、ここを一点突破して、あとは水が高い場所から三角地帯に拡散するように、散開に散開を重ねて敵を圧迫。勢いで押して、解放軍をいったん、宝山の奥へと押しやります。その後、敵が戻って来る可能性に備えて、後方待機中の郷土防衛隊、立て籠もっていた守備隊に防衛ラインを張らせ、われわれはここで中国大返し、空軍基地攻略へと向かう。たぶんそのどこかで、上陸して来た新手と対峙することになるでしょうね」

「お見事な作戦です！」

と王が誉めた。

「あんた軍人じゃないでしょうが！」

「いや成功しますよ！　それで行くとして、ちょっと兵隊の前に姿を見せて、檄を飛ばしていただけませんか？」

「なんで？　ドーランが落ちるじゃない。髪も濡れるし」

「ブッシュマンハットでも被ればどうですか？　しばらくなら大丈夫でしょう」

「この雨、巨大なビーチパラソルを差しても三分経たずに膝下がずぶ濡れになるわよね？」

「死んで行く若者のためですよ」

「そりゃ、あんたの祖国だろうけれど、私はもう部外者ですから？」

原田の部下が、恭しくブッシュマンハットとポンチョ、そしてメガホンを差し出した。

「急ぐわよ！　ガル！　誰か小隊規模で海岸線の偵察に向かわせなさい。キックボードでもチャリでも二足歩行でも構わないから。無線が使えなかったら、走って報告に戻るように」

「ハイ、マム！」

司馬はてきぱきとポンチョを羽織り、ＦＡＳＴヘルメットの代わりに迷彩柄のブッシュマンハットを被った。ハッチを開けると、外はまるで熱帯のスコールのようだった。


田口&比嘉組は、前線から僅かに下がったビルの軒先で、積み上げたアモ・ケースを守っていた。

弾が減るそばから、チームの誰かが走って来て、それを背嚢に入れ、あるいは両手に提げて走って行く。ドローンが飛べなくなったのは幸いだった。人の出入りが激しく、普段ならあっという間に発見されて、迫撃弾が降ってくる。それもドローンから狙い澄まして降って来るのだ。

自衛隊リヤカーも活躍していた。アモ・ケースを満載したリヤカーが、護衛付きで後方から向かってくる。

ポンチョを着た司馬が原田らと飛び込んできた時にはびっくりした。

「隊長、雨でも降りそうだ！」

と比嘉が冗談を飛ばした。

「およし！　好きでやっているわけじゃない。あんたたち、なんでこんな所でぐずぐずしているのよ？　戦争ってのは、衝撃と畏怖よ。敵がエヴォリスに恐怖した瞬間にそのまま押せなくてどうするのよ？」

「仰る通りです！」

と田口が頭を下げた。

「銃の扱いに慣れるのに時間が掛かりました。もう押せます」

　原田がペーパーを田口らに見せた。

「完璧ですね！　こういうのを待っていたんです」

　郭宇(グオイー)伍長と柴子超(チャイツーチャオ)伍長が食い入るようにペーパーを捲った。

「負傷兵が出たらどうしましょう？」と柴伍長が聞いた。

「立ち止まるな！　誰かが軽機を持って前進し続ける。たとえ一人になっても。唯一注意すべきは、出会い頭の同士撃ちだけだ。この雨では、それが一番心配だ」

　と司馬が告げた。軒先でも、怒鳴り合う必要があるほど雨音がうるさかった。

「ちょっと、建物に入りましょう」

　と王が提案した。そこは何か半導体関係のショールームのような施設だった。弾を受け取りに来た兵士をしばらくその玄関ホールに入れて休憩させた。

　皆、ポンチョを着ているとはいえ、すでにずぶ濡れ状態だ。

　王少佐が、ペーパーをナンバーを振られたチームごとに渡し、渡した相手を確認する。

　ここに来ないチームには、賀翔(ホーシアン)と崔超(ツイチャオ)二等兵がリヤカーで弾とペーパーを運ぶことになった。

　司馬は、メガホンを取り、そこにいる十数名の台湾兵たちに呼びかけた。

「良いか！　男たち――。この戦いを一瞬で終わらせる。一瞬で敵を撃退し、サイエンスパークを解放し、敵を宝山へと叩き出す。そしてわれわれは、空軍基地攻略へと向かい、第3梯団上陸へと備える。怯むな！　立ち止まるな。今度こそ、負傷兵は置いていく。ここからが本当の戦争だ！」

「女神を讃えよ！――」

　王少佐が拳を掲げて檄を飛ばした。兵士達が、ピシッと姿勢を正して、まるで条件反射のように呼応して叫んだ。

「女神を讃えよ！」

「女神に勝利を！」

　田口は、柴と郭伍長にてきぱきと命令を下した。

「ウォーキートーキーはまだ通じるが、この雨のせいで会話は困難だ。無線に頼らずに前進してくれ。われわれは、リヤカーを引っぱって、各チームに弾薬を補給しつつ、敵の防備が分厚そうな所を撃破して前進する。南東端の国道一号線沿い、郵便局と機動隊本部で三〇分後に――」

「リザード！　二〇分だ。二〇分で制圧して辿り着け」

　司馬が檄を飛ばした。

「では二〇分後に。ほとんど全力疾走になるが……」

「全員、それだけ鍛えてある！　さあ行け！」

　兵士達がアモ・ケースを抱えて駆け出して行く。賀と崔は、ざんざ降りの中で、アモ・ケースを積んだリヤカーを二人で引っ張ろうとしていた。

「何をしている！　一人一台だ。もう誰もここに戻って来やしないぞ」

「このリヤカー小さいけど荷物は重たいですよ？」

「リヤカーってのはどんなに重たくても一人で引っ張るもんだろう。急げ！　俺とヤンバルで護衛する」

　田口は、王から受け取った残りのペーパーをポンチョの下でポーチに突っ込み、ＤＳＲ‐１狙撃銃を構えた。

「じゃあ、片付けてきます」

「頼む！　負傷兵が出たら、一応無線は入れてくれ」と原田が返した。

　二人の台湾兵が引くリヤカーの前に、田口と比嘉は出た。銃撃音が雨音を貫いて聞こえてくる。ほとんど一方的に、こちらの銃声、エヴォリスのものだった。

　これで勝てなきゃ、戦車でも持って来るしかないぞと田口は思った。

　粒子加速器研究施設の東側へと飛び出すと、最初の、文字通りの鬼門が立ち塞がっていた。珍しく土嚢を積み上げた立派な防御陣地が、片側三車線もある道路の幅一杯に塞いでいる。味方兵士らは、時間を掛けてガラクタや乗用車でバリケードを作っているが、土嚢陣地との戦いは不利だった。

　せめて、ジャベリンか何かが欲しいところだったが、それは先々の戦いのために取って置くしかなかった。

　原田が背後から追い掛けて来て、「ここ、敵にとって最重要防御ラインだよね？」

　と田口に聞いた。

「そうですね。視程はないし、敵も弾不足で撃ってこないが、怪我せずに突破は難しい」

「じゃあ、ヤンバル、相手陣地見えてるなら、M32を全弾撃ち込むが？」

「お願いします！　着弾修正します」

　比嘉は、銃痕だらけでタイヤも全部潰れたニトン・トラックの下に潜り込み、GM6リンクスのバイポッドを開いた。

「お前達は下がっていろ！」

　と田口が台湾兵に命じ、その場にあったエヴォリスを構え、アモ・ボックスの残弾を確認してからトラックの影に隠れた。

「良いぞ、ヤンバル！」

　比嘉が、まず一発撃って相手をびびらせる。続いて、原田が、M32グレネード・ランチャーで照明弾を打ち上げた。空に向けてではなく、相手陣地へ向けて。

「ああ！　見える。ちょっと高かったな……」

　原田は自ら着弾修正し、残った五発の対人榴弾を発射した。土嚢の向こう側に落下するが、さして精確なわけではない。続いて、田口が、エヴォリスをフルオートで撃ち始めた。

「出ろ！　出ろ！　全員並木に沿って全力疾走しろ！」

　兵がパラパラと走り出す。田口も比嘉も、ほぼ真正面を狙って撃っていた。比嘉は、対物狙撃ライフルで、ほぼ同じ場所を狙って撃った。一発なら、土嚢袋に孔を開けるだけだ。だが六発もぶち込めば、その一角を確実に崩すことが出来る。

　二〇〇発入りのアモ・ボックスを空にすると、田口は素早くボックスを交換した。三秒と掛からなかった。射撃を再開する。三個目を空にする寸前、兵士が土嚢の両側に取り付いた。

　手榴弾を投げて終わりだ。兵士が飛び込んだ時には、死傷した十数名の敵兵士らが取り残されていた。

「隊長、トリアージするだけにして下さいね！」

　と田口は原田に念押しした。

「すげぇな！　瞬きする間に弾倉を交換したぞ……」

　と賀二等兵が驚いた。エヴォリスの銃口部分が雨に濡れてジュッ！　と音を出し、サプレッサーからは蒸気を発していた。比嘉もトラックの下から出てくる。

「まあ、弾が無限に届けば、どんな戦争でも楽勝だよな」

「次、行くぞ！」

　田口と比嘉は、周囲にくまなく注意をくれながら、リヤカーを進めさせた。視界はせいぜい二〇〇メートルという所だ。何もかもが煙っていた。暗視装置が使える夜間の方がまだましなくらいだった。

第四章　桃園沖海戦

沱江級コルベット三番艦〝富江〟（六八五トン）は、減速していた。「ランチ降ろせ！」の号令が艦内に響き渡っていた。

　ブリッジ正面の視界内の海面は、強い風で白波が立っている。この七〇〇トンもない軍艦には、少しきつい揺れだった。

　ブリッジに陣取る頼国輝（ライグオフイ）中佐の元に、艦を降りる造船会社と兵器メーカーの技術者、作業員らが入って来て整列した。

「一応報告しますが、全員が艦に留まることを志願してくれました！」

　副長の莫立軍（モーリージン）少佐が報告した。

「有り難う！　感謝する。だが、これからは海軍の戦争だ。君たちの技術と知識は、海軍の再建に不可欠だ。生き残って尽くしてくれ。残念ながら、どこかの港に立ち寄っている余裕は無い。この時化に、ランチで脱出してもらうことになる。われわれは何かあったら筏に乗って海水浴だ」

　頼艦長は、一人一人と握手を交わした。恐らくは七〇歳前後と思しきメーカーのエンジニアが、頼の手を摑んでしばらく放そうとしなかった。

「三〇年前、お父上と仕事しました！　狭い艦内で鬼ごっこする頼姉弟を覚えています。お二人とも、ご立派になられた」

瞼に溜めた涙がこぼれ落ちていた。

「そうか。有り難う。御家族は？」

「はい。孫が三人おります。息子の一人は、高雄の造船所で働いています」

「それは嬉しい話だ。戦争が終わったら、親父を訪ねて行ってくれ。孫の顔も拝めずに、暇そうにしているから」

「はい、必ず。ご無事を祈っております！」

彼らを降ろしている間に、僚艦に追い越された。一番艦〝沱江〟と二番艦〝塔江〟だった。

「速度を上げろ！　突っ込むぞ」

視程はほとんどない。眼の前に味方の艦がいても気づけないほど酷い。レーダーも、出力を目一杯上げて見えるのは五〇〇メートルほどだ。肉眼の方がレーダーより遥かにましだった。

見張りがブリッジに出頭して、小さな繊維を手渡した。綿帽子のような、タンポポの種のようにも見える極細繊維だった。チャフの欠片だ。

「大量にデッキに落ちています。チャフが散布されていることは間違いないようですね」

副長がそれをブリッジのガラスに貼り付けながら言った。

「だが、明らかにチャフだけじゃない。そもそもチャフは、雨に濡れた途端に落下するだろう。空中を何十分も漂い続けるなんてことはない。この雨だろう。雨そのものがレーダー波を吸収なり遮断している」

「右舷注意！　僚艦減速しています！――」

突然、右舷前方に僚艦が現れた。

「こんな至近距離でレーダーに見えないのか？　酷いな……」

発光信号が発せられていた。何者かが、ブリッジ横のウイングに出ている。

「〝塔江〟のようです」

「あれは艦長だろうな……。正直、こんな所で一番会いたくない相手だぞ。速度針路を同調させろ」

　頼中佐は、雨合羽を羽織ると、ウォーキートーキーを持って右舷側ウイングへと出てウォーキートーキーを耳に当てた。

「頼、俺の方が先に本艦の艦長に抜擢されたことの意味はわかっているよな？」

「嫌みな奴だ！　いつだって貴様がナンバーワンだ。生き残った方が海軍作戦本部長だな」

「そういうことになる。二人とも戦死すると、台湾海軍は滅亡するぞ。戦い方はわかっているな？」

「ああ、貴様が俺のケツに突っ込むようなヘマをしでかさなきゃ、何の問題もない」

「以上だ！　勝って再会しよう！――」

「もちろんだ」

　二人は敬礼しあってブリッジへと引っ込んだ。ほんの数十秒、外に出ただけなのに、雨合羽から滝のような水滴が滴り落ちた。

「柏旭（バイシー）中佐と組んだことは？」

　と頼は副長に聞いた。

「ああ！　艦長。頼国輝の前で柏旭の名を出すな。柏旭の前で頼国輝（ライグオフイ）の名を呼ぶな――は、われわれ士官が覚えるべき礼儀作法の一つですよ」

「いやいや、皆誤解しているが、別にわれわれは仲違いしているわけでも敵対関係にあるわけでもない。もちろん派閥も作っていないし。それに、あいつの方がだいたいいつも私より優秀だったことは事実だ。くそ野郎だがな！　奴の結婚式の友人代表として挨拶したのも私だぞ」

「GPS、完全にロスト。ここからは、慣性航法による推定位置になります」

　と航海長が報告した。

「良いだろう。敵が現れたら、主砲や機関砲の水平射撃で攻撃するぞ。ソナー装備は間に合わなかったから、それだけだ。敵の魚雷を躱（かわ）せると良いがな」

「何か光ったぞ……」

副長が前方に注意を促した。遅れてズドーン！と響くような砲撃音が届く。

真っ白な靄の向こうで確かに何かが光った。明滅から砲声が届くまでの間隔から逆算すると、たぶん三〇〇〇メートルほど向こうだ。

「味方が交戦状態に入ったようだ。この海域には、味方艦はわれわれ三隻しかいない。思う存分暴れて、敵を翻弄するぞ」

言っているそばから敵艦が現れた。紅稗型ミサイル艇だ。たった二〇〇トンしかないミサイル艇だが、台南では、このミサイル艇と撃ち合って海巡船が沈められたのだ。ミサイルと機銃しか装備しないが、速度は速いし、配備数が多いだけにやっかいだった。

白い靄の中から現れ、こちらが視界に入った途端、針路を真っ直ぐ定めて突っ込んできた。

「砲手は狙って撃て！　舳先が沈み込んだ瞬間に撃てば自然と当たる」

オットーメララ社製の七六ミリ砲は真正面に固定されていた。砲手が狙い定め、艦首がやや沈んだ瞬間に発砲した。砲弾がミサイル艇のブリッジを撃ち抜き、後部のミサイル弾庫で爆発した。

だが、ミサイル艇は火を噴いたまま突っ込んでくる。こちらの舵操作も間に合わず、黒煙を上げながら、右舷側十数メートル脇をすり抜けていった。

「その調子だ！　発見し次第撃て――」

白い靄の中で、僚艦が戦っているのがわかった。発光と、それに遅れる砲声。だが、やがて敵艦船の砲声も聞こえてくる。より大型艦も前進してきたのだ。

頼は、この砲声が、沿岸部まで届いていることを願った。彼らは、桃園空港沖、ほんの十キロもない所で戦っていたのだ。


海上自衛隊・第一航空群第一航空隊司令の伊勢崎将(いせざきたもつ)一佐は、P-1哨戒機のコクピット背後の戦術航空士(TACCO)席にいた。

激しい風に翻弄されて、シートベルトで固定された身体は浮き上がり、機体はねじ切れそうだった。時々エアポケットに入ってストーンと機体が落ちる。

窓のシャッターを微かに開けると、外は真っ白い景色だ。鹿屋を飛び立って二時間、千キロ以上を飛んで来て、たまたまこの状況に居合わせた。

現在四機のP-1哨戒機が台湾空域にいる。二機は、燃料限界で下がろうとしている。二機が追い掛けているが、そちらはたぶん間に合わないだろう。

この二機で戦うしかなかった。レーダーは全く機能せず、EOセンサーもほとんど役立たずだ。だが、対艦攻撃用のAGM-65F、マーベリック・ミサイルを翼下パイロンに八発も搭載している。万一に備えての装備だった。

今こそ、これを使うべき時だった。低空まで降りて、敵艦に姿を晒してミサイルを発射する必要がある。だが、レーダーが使えないのは敵も同じだ。中国海軍はドローン対策で光学センサーの装備に熱心だが、迎撃は機関砲に頼っている。その射程圏外からミサイルを発射すれば良いのだ。

伊勢崎は、妄執とも言える敵愾心(てきがいしん)を抱いて部隊を指揮していた。この戦争が、解放軍の東沙島奇襲上陸によって始まった三週間前、中国海軍の攻撃によって、指揮下のＰ‐１哨戒機一機と乗組員一二名を失った。それは戦火が尖閣諸島に拡大する遥か以前のことで、中国政府は「誤射だった」と遺憾の意を表してきた。

　もちろん誤射などではない。日本政府への警告だった。関わるなどとの。それから、彼は復讐心に燃えた。中国軍が尖閣への上陸を試みた時も、最も奥まで侵攻してマーベリック・ミサイルを撃ちまくった。爆撃機の編隊に背後から接近し、これもマーベリックで撃墜した。

　そして今、伊勢崎は、接近する中国艦隊に対して有利な戦いを繰り広げようとしていた。

　雲海の中に潜み、ほんの一瞬、海面上に降りて敵艦を発見し次第マーベリックを撃ってまた雲の中へと突っ込むのだ。

　敵も無線は通じない。助けの戦闘機を呼ぶことも出来ないだろう。

「良いかみんな！　洋上にいる味方の艦船は、台湾海軍の新鋭艦三隻のみだ。こいつは波浪貫通型、ウェーブピアサー艦なので速度は速い。だがサイズは小さいから気を付けろよ。それ以外は何でも攻撃して良いが、大型艦が主要ターゲットだ。揚陸艦やせめてフリゲイト。あるいはエア・クッション艇。では攻撃準備しつつ、そろりそろりと降りてみようか。パイロットは高度計を読み上げろ。電波高度計くらいは生きているか？」

「はい。なんとか！　高度が上がるとダメですね」

　コクピットから、機長がインカムで怒鳴り返した。

「了解。では降りてみよう」

　伊勢崎は、ＥＯセンサーをモニター全面に表示させた。外界は乳白色一色だった。

　高度計の数値が端っこに表示される。二〇〇〇フィートを切っても外界は真っ白だ。一五〇〇フィートまで降りた所で、ようやく途切れ途切れに何かが見えてきた。

だが海面という感じはしなかった。黒い海面と、白波とのコントラストで、そこに何かがあるとわかる程度だ。

台湾海軍の〝沱江〟コルベットが、敵のフリゲイトと激しく撃ち合っていた。双方主砲で撃ち合っている。

「加勢してやれ！」

マーベリック・ミサイル一発が、そのフリゲイトに向かって発射された。距離にして四〇〇〇メートルほどだ。その程度の視程しかなかった。だがこちらにはその距離で撃てるCCDカメラの誘導ミサイルがある。向こうにはたぶん無いだろう。歩兵の肩撃ち式ミサイルで狙えるような天候では無かった。

パッと明るい炎が上がると同時にまた雲海へと隠れた。

フリゲイトがこの辺りということは、駆逐艦や揚陸艦は、もっと沖合ということだな……。

「もっと沖合へと飛ぶぞ。強襲揚陸艦の一隻くらいは仕留めて引き揚げる。空母や強襲揚陸艦を発見したら、躊躇(ためら)わず四発くらい行け！」

一瞬、雲に隠れ、また高度を下げる。だが、今度は高度を下げた途端、下から砲撃して来た。目測での攻撃はとうてい命中するものではないが、前方で調整破片弾が炸裂し、雲をかき乱すのがわかった。

「どこだ？　どこから撃ってくる！」

P－1哨戒機は、一瞬雲海へと隠れたが、また獲物を探して高度を落とした。ただし、航路を読まれないために、雲下に出る時は、必ず舵を切っていた。

　そして、彼ら同様に、空からの戦いを挑んだもう一つの部隊がいた。

　台湾陸軍《第601航空旅団》＝別名〈龍城部隊〉の藍志玲大尉は、海岸線から二キロ下がった竹北市の国民中学校のグラウンドにいた。愛機のAH‐64E〝アパッチ・ガーディアン〟戦闘ヘリコプターを降ろして、先発隊との交替を待っていた。

　交替時刻が決まっているわけではない。先発隊の燃料が尽きるか、武装を撃ち尽くして下がって来たことがわかったら、彼女らが洋上に出ることになっている。

　グラウンドの反対側には、第1中隊長の平龍義少佐の機体が止まっている。この距離ならもちろん無線は通じるが、どこで敵が聞いているか知れないので、無線は使わないことに決まっていた。

　無線に代わって、彼らは、ハンドシグナルやホワイトボードに書いた簡単な略語で連絡を取り合っていた。無線封止下での作戦時にも使う。たとえ編隊の距離が離れていても、互いの光学センサーを使って望遠モードで覗いて読み取る訓練もしていた。

　アイドリングで回転しているローター・ブレードが水滴を弾き、幻想的な光景を演出している。機体が置いてあるそこだけ霧が出ていた。

　前席ガナーの田子瑜少尉は、退屈しのぎに英語の操縦士マニュアルを捲っていた。

　エンジンは動いているので、機内は煩い。前席と後席の会話といえどもインカムごしになる。

「先発した編隊は、台中作戦の途中で駆り出されたから、そろそろ燃料が尽きる頃ですよね？」

「そうね。武器を使おうが使うまいが、引き返してくる頃よね」

　操縦士の藍志玲大尉はそう答えた。彼女は、釣魚島でも戦って撃墜されたし、台湾本土のこの戦いでも、中央山脈の国立公園内に設営した秘密基地から出撃して解放軍と交戦していた。ここ数日は、もっぱらホバーバイクとの戦いで、何十機も撃墜していたつもりだが、敵の勢力を減らすだけで、全滅は叶わなかった。

「解放軍はどんな秘密兵器を使ったんでしょう」

「私は驚かないわ。解放軍は、欧米が繰り出す新兵器は必ず真似をする。私たちが知らない、大気そのものをレーダー無効化する技術があって、大陸はそれを盗んだだけかも知れないし。でも、われわれ戦闘ヘリ屋にしてみれば、不利なことばかりではないはずよ。光学センサーでしか戦えないとなったら、戦闘機や地対空ミサイルで遠くから撃たれる心配も無い。相手が駆逐艦だろうと五分の戦いが出来るわ」

「重武装の駆逐艦相手にですか？」

「そうよ。連中の近接防空火器の有効射程はせいぜい一五〇〇メートルから最大四〇〇〇メートル程度。それもレーダー依存。ドローン対策用の光学照準機関砲はせいぜい二〇〇〇メートル。われわれは距離八〇〇〇メートルからヘルファイア・ミサイルを撃てる。もちろんそれは近接防空火器システムに叩き墜されるけれど、ロケット弾攻撃だって出来るし、ヘルファイア八発を駆逐艦相手に叩き込めば、全弾は撃ち落とせないでしょう。ものが駆逐艦なら、それだけの攻撃を仕掛ける価値はある。ヘルファイア、プラス、ロケット弾全弾」

「誘導ロケット弾、もっとあれば良かったですね。小型の上陸用舟艇を狙える」

「そいつは、三〇ミリ・チェーンガンで孔だらけにして沈めましょう。もう一つ有利なことは、少なくとも、水陸両用戦車が、自前で泳いでくることもないことね。この時化では、一〇〇メートル進まないうちに波を喰らってひっくり返って海底までまっしぐらよ。装甲車もただの棺桶にしかならない」

　前方の上空で何かが瞬くのがわかった。少尉が光学センサーのカメラを向けると、戻って来る編隊だった。四機いたはずだが、二機しかいない。しかも、その内の一機は、エンジン部分から火を噴いていた。

　藍大尉は、自分のコクピットにその映像を呼び出した。

「ズームして!」

　二機とも武装は空だった。ヘルファイアもハイドラ・ロケットも全て撃ち尽くした後だ。スタブ・ウイング端のスティンガー対空ミサイルだけが装備状態だった。

　一見して空焚きだった。エンジン・オイルが抜けた状態でドライランで陸まで戻って来たのだ。きっと被弾してのことだろう。

「早く降りろ!　早く!――」

　どこでも良いから不時着するのが最優先となる。だが、ついに力尽き、ボン!　という感じで一瞬炎が大きくなった。そしてローターがロックし、あとは放物線軌道を描いて前方の田んぼへと墜落して行った。

「誰の機体よ……」

　編隊長機のエンジン音が変わった。ハンド・シグナルで「離陸発進!」を命じてくる。

「行くわよ!……」

「スタバのキャラメル・フラペチーノ、もう一回飲みたかったわ。最後にスタバに行った時、迷ったんです。でもカロリー過多だから控えようと思って」

「無事に帰れたら、付き合ってあげるわよ。浴びるほどそれ飲みましょう。でもフラペチーノって、飲み物なの？」

「いやぁ、あれは飲み物でしょう」

離陸すると、編隊長機を前にして飛んだ。平中佐が無線で呼びかけて来る。

「マリリン、雲中飛行で編隊を組むのは危険だ。君は、二五〇度方向へと飛べ。私はそれより北側へ飛んで掃討する。先発隊はご覧の通りだ。無茶はするな。レーダーが使えなくとも、敵はそれなりに撃ってくるということだ。幸運を祈る！」

「マリリン、ラジャー。そちらもご無事で！」

先発隊は、編隊を組んで戻ってきた。ということはずっと雲の下を飛び続けていたということだ。それが攻撃を受けた理由かも知れない。

空間識失調を防いで、雲中飛行し、たまに雲の下に降りて、攻撃を仕掛ける。言うは易し。新米パイロットの頃、教官を練習ヘリの左側に座らせ、自分が機長として中央山脈を飛行中に不意に雲の中に突っ込んだ時のことを思い出した。

ひどく焦った。何をすれば良いのか一瞬、パニックに陥った。もちろん水平感覚も失い、完全に空間識失調に陥っていた。だが、教官は、計器パネルに視線をくれたまま、一言も助言をくれなかった。

無事に着陸して、泣き出しそうになった。「どうして操縦を交替してくれなかったんですか！」と教官に詰め寄った。だがあの人は、涼しい顔で言ったものだ。

「君がパニックに陥ったことはわかっていた。ああいう経験を重ねることで、パイロットは慎重さと冷静さを身につける。君は今日の経験を一生忘れないだろう。いつか、私に感謝する日が来る」と。

その通りだった。あの日の出来事を、その後何度も感謝した。そして今ここに自分がいる。

「ガナーは、敵の発見と攻撃に全力を尽くしなさい。私はフライトに専念します」

「了解！　機長。われわれは生きて還りましょう！」

藍大尉は、海岸線を越えつつ、雲の中へと戦闘ヘリを上昇させた。幸い、まだ海岸線に辿り付いた敵はいなかった。

頼中佐は、艦の眼の前を横切ったエア・クッション艇に気付いて追撃を命じた。エア・クッション艇を目撃するのは二度目だ。最初は、コルベットが一隻護衛に付いていた。そっちを真横から蜂の巣にして撃沈した結果、エア・クッション艇を見逃すことになった。大きな後悔だった。

だが、今度のエア・クッション艇は違った。コルベットやフリゲイトは速度が遅すぎる。それら護衛をおきざりにして高速ですっ飛ばしていた。凪いだ海なら、本艦より速度が出るはずだが、今はうねりに苦労している様子だった。

「よし、ワッチは周囲に気を付けろ！　護衛がどこかに付いているはずだ。デッキが低すぎて主砲弾がすっぽ抜けるかもしれん。接近してバルカン・ファランクスを水平撃ちしてエンジンとスカートをボロボロにしてやれ！」

背後から速度を上げて接近する。エア・クッション艇のデッキから、歩兵が重機関銃を撃ってくる。だが、船が揺れているせいで酷い弾道だった。

エア・クッション艇の左舷へと抜けながら、近接防空火器（バルカン・ファランクス）システム（ＣＩＷＳ）を水平撃ちする。

まず空気を溜めるスカートがボロボロになって宙を舞い、巨大な風船を持つプロペラが吹き飛んで、エア・クッション艇はそこでぐるぐると回転し始めた。

　だが、沈没を確認する前に、水柱が右舷側すぐに立った。背後から狙われていた。

「フリゲイト一隻、右舷後方に出現！」と副長が警告した。

「これではまるでレーダーが無い時代の海戦だな。やや取り舵しつついったんブレイク！　敵の背後に回り込むぞ！」

「054型、江凱(ジアンカイ)I型、速いです！——」

「ようやく新鋭艦のお出ましか。だが、本艦には追いつけまい！」

　二発目が左舷側へと落ちる。命中精度が上がっていた。

　ブリッジは、窓が何枚も割れているせいで、あちこちから風雨が飛び込んでくる。ほぼ真正面からは、強い雨粒が叩きつけてくる。全員が救命胴衣の下に雨合羽を着込んでいた。

　幸い戦死者はまだいないが、それも時間の問題だった。血に染まったデッキは、だが一瞬で洗い流された。

「向こう、速いですね」

「というか、この波では、いくらウォータージェットでもこっちもスピードは出ないぞ」

　突然、背後で何かが光った。てっきりまた主砲を撃たれたのかと思ったが、そうではなかった。敵フリゲイトが被弾して炎上していた。

　背後から〝塔江〟が駆け寄って来て、またも艦長がウォーキートーキーで呼びかけて来た。

「助けてやったぞ頼艦長！」

「何を言うか、俺が囮になって獲物をくれてやったんだぞ。戦果はどうだ？」

「ミサイル艇四隻、コルベット二隻、フリゲイト一隻、エア・クッション艇一隻。旧型だが、駆逐艦も一隻行動不能にした。そっちは？」

「ミサイル艇三隻、コルベット一隻、戦車揚陸艦一隻。輸送艦二隻だ」

「なんだ、無抵抗主義者ばかり殺して回っているのか？　さっき、何かがレーダーに一瞬、映った。たぶんドック型揚陸艦だ。フリゲイトに守られていて近寄れなかった」

「知っている。こっちでも探知した。だいたいの場所はわかっているつもりだが。仕掛けてみるか？」

　右舷側隣に、僚艦が並ぶと、船体から黒煙が上がっていた。

「おい、火が点いているぞ！」

「わかっている。ちょっと燃えているがまだ戦える。その大物を釣りに行こうぜ！」

「了解。俺は敵艦の右舷舳先から回り込んで後ろにつく」

「了解。俺は、左舷真横を狙って突っ込む。そっちのブリッジも孔だらけじゃないか？」

「浸水はない。ちょっと雨が強い程度だ。通信終了！」

　僚艦が離れて行く。

「向こうの戦果、凄いですね」と副長が感嘆の声を漏らした。

「そら戦闘艦だけ狙っている余裕があれば、私もそうするが、目的は上陸作戦の妨害だ。輸送艦の方がオッズは高いと思うぞ。面舵を取りつつ、さっきの海域に戻ろう。慎重にな。今度の護衛は、たぶん三、四隻はいるはずだぞ」

　頼艦長は、首に巻いたタオルで、顔面の水滴を何度も拭った。あいつを一人で死なせるわけにはいかない。〝塔江〟が機関推力を失うのは時間の問題だろうと思った。

　藍大尉は、荒れ狂う雲の中を飛んでいた。時々、天地がひっくり返っているような錯覚を覚える。空間識失調に陥る寸前に、雲の下へとゆっくりと降りて行った。眼下の視界が拓けた瞬間、ぞっとする光景が広がっていた。戦車を積んだ中型の揚陸艦と、エア・クッション艇が向かってくる。

「揚陸艦、エア・クッション艇の順で攻撃します！」

田少尉が、ヘルファイア対戦車ミサイル二発を揚陸艦に向けて発射した。それが命中する前に、次の二発をエア・クッション艇に向けて発射する。だが、どこかから突然曳光弾が飛んできた。

「どこから撃って来んのよ！」

「歩兵戦闘車です！　洋上に歩兵戦闘車——」

それは、05式水陸両用歩兵戦闘車だった。波間に浮き沈みしている。火を噴いた三〇ミリ機関砲の銃身が波を被って激しい湯気を立てていた。うねりのせいで、全くと言って良いほど、前進しているようには見えなかった。

「うわ！　あれ絶対海岸まで辿り着けないわよ」

「チェーンガンで——」

藍大尉は、それに応じる前に、機体を雲の中に突っ込ませた。

「あれ、対戦車ミサイルを持っているのよ？　狙われる。あんな的のために弾の無駄遣いをすることもない。それに単独のはずはないわ。他にも水陸両用車がうようよいるとみて良い。場所を変えましょう。ところで、今のヘルファイア、命中した？」

「はい、全弾命中しました。ただ、ヘルファイアの弾頭威力は知れてますから、撃沈は無いでしょう」

「さっさと撃ち尽くして引き揚げましょう！　無事に戻って、補給を受けて、敵が上陸した所を叩いた方が効率的だわ。いくらレーダーが使えないと言っても、洋上の攻撃は私たち本来の仕事じゃない」

　さっさと大物を見付けて全弾放り込んで引き揚げたかった。だがきっと大物は、もっと沖合だ。エア・クッション艇もそこから発進している。

　頼艦長は、レーダーに感あり！　の報告に艦長席を降りて破れた窓へと身を乗り出した。

「前方一〇時方向、たぶんコルベットか何かです」

「副長！　本艦のレーダー反射率からすれば、敵にこちらは見えていないと判断するがどうか？」

「はい！　はい、その可能性があります。こいつは、その大型艦の護衛役でしょう」

「よし、舵を寄せろ。ぶつける気で行くぞ！　主砲中央、主砲発射後、バルカン・ファランクスで、艦橋構造物をぶち抜け」

　前方から、突然、そのフリゲイトは現れた。実際には、〝富江〟の方が速度が速いので、相手にしてみれば、突然靄の中から敵艦が飛び出して来たようなものだ。

「主砲撃て！――」

　明らかに衝突コースに乗っている。相手の艦が先に舵を切った。バルカン・ファランクスがブィーン！　とうなり声を上げ、ブリッジから煙突に掛けて、まるで船体を切り裂くかのように敵艦を孔だらけにした。

「レーダー感あり！　例の大型艦です」

「よし！　大型艦は右舷か。回り込むぞ！」

　姿が見えてくる。071型ドック型揚陸艦（一八〇〇〇トン）だった。全長二〇〇メートルを越える巨艦だ。

「斜め後ろから突っ込んで撃つ。的はでかいぞ。慌てずゆっくりと狙え！」

反対側から〝塔江〟が接近してくる。だが、速度はだいぶ落ちていた。揚陸艦より僅かに速いという程度だ。

〝富江〟が主砲を撃ち始める。船体の後ろ側へ次々と命中する。だが、何しろ相手は巨大過ぎた。砲弾が船内で爆発するのはわかったが、行き足を止めているようには見えなかった。

「ブリッジ付近を狙え！」

〝塔江〟に敵の砲弾が命中したらしく左舷側で火花が上がるのがわかった。ようやく、揚陸艦の速度が落ちてくる。煙突から真っ黒な煙が上がり始めた。そして、舵を切ってくる。逃げようとしていた。後部ランプドアが開いている。開いたままだ。エア・クッション艇を降ろした後のようだ。だがたぶん、最初の荷物を送り出しただけだろう。

〝塔江〟は、船体のあちこちから黒煙を上げていた。その舳先が、揚陸艦へと向かっている。

頼は、ウォーキートーキーを握って「柏旭！――」と呼びかけた。

「柏旭、柏旭！　誰か応答しろ。ただちに離脱しろ！　援護してやる。海域から離脱しろ！」

「頼！……。俺はもう駄目だ。乗組員を飛び込ませた。見付けたら浮き輪を投げてやってくれ。拾う必要は無い。みんな泳ぎは得意だ。それでな……、家族を頼む！　娘と、女房のことを。お前は、最高のライバルだった。貴様がいてくれたお陰で、俺は勉学にも任務にも励めた。いつも貴様を突き放してやろうと必死に頑張った。感謝している。生き延びて、海軍を再建しろ！」

「柏旭！　柏旭止めろ！　まだ助かる。貴様も飛び込め！　拾ってやる……。ああくそ、こいつプレストーク・スイッチを押したままだぞ……」

頼の声は聞こえないのだ。

〝塔江〟の舳先が揚陸艦の巨大な艦尾デッキに突

っ込んで乗り上げる。格納庫の中から重機関銃や、何かの砲で撃っていた。

だが、〝塔江〟のシャープな舳先がますます揚陸艦にめり込んで行く。ブリッジはもう完全に潰れ、そして、船体後部のミサイル発射区画で爆発が起こった。船体の前方が揚陸艦の格納庫を引き裂いて爆発する。二万トン近くもある巨大な揚陸艦の艦首があっという間に空中に浮き上がったと思うと、後部から勢いよく沈み始めた。乗組員らが脱出しようと荒波に飛び込む。

「離脱する！――。脱出だ。敵のフリゲイトはまだ近くにいるぞ。いったんブレイクする！　海面に注意を払え！　味方が漂流していたら浮き輪を投げる」

柏旭よ！　お前がやってのけたことを、生きて必ず皆に伝えてやるぞ！　と頼艦長は誓いを立てた。

田口と比嘉は、新竹サイエンスパークの南東端まで到達していた。そこまで二五分を要していた。銃声はまだ時々聞こえてくるが、敵の残存兵力はさほどではないと思った。というより、彼らが仕掛けた途端、後退命令が出たのは明らかだった。

敵は宝山の工場街へと消えて行った。新竹の街中は森はないが、宝山は、森の中に半導体工場がある。ここの掃討も、いざかかるとしたらやっかいだろう。

だが今は、沿岸部に上陸してくる敵を迎え撃つことが最優先だ。ひとまず、孤立というか、立て籠もっていた台湾軍の救出も出来た。

柴(チャイ)と郭宇(グオイー)伍長も無事だった。土砂降りの外から、機動隊詰め所の中に入り、次の作戦を考えた。

「何発くらい撃ちました？」と柴が田口に聞いた。

「たぶん、二〇〇発入りのアモ・ボックス、一五箱くらいかな。リヤカーで弾を運んだのは正解だった。だが、銃身は交換の必要がある。前評判通りの銃だよ。文句の付けようが無い。たぶん台湾軍もうちも、ミニミに代えてエヴォリスを装備することになるだろう」

「今度、俺たちにも撃たせて下さいよ。特殊部隊に配属されて、リヤカーで弾運びしただけなんて、将来、子供たちに自慢できないじゃないですか？」

賀二等兵が不満そうに言った。

「君ら……、昨日からの戦闘で、誰か一人でも敵を自分で殺したか？　俺はこの二五分間で、たぶん二〇人近い敵兵士に命中させた。三割は死に、三割は、まともな仕事には就けない身体になり、残りは、怪我が治っても酷いトラウマを抱えた人生を送ることになる。そういうことに慣れた人間になりたいか？　人を撃たなきゃそれに越したことはないぞ」

「でも、これは戦争ですよね？　殺さなきゃ自分が殺される」

「そうだ。だからいざという時は躊躇わずに引き金を引け。でも、人殺しは望んでするものじゃない」

「隊長、そろそろ前進しませんと？　空軍基地は遠い。この雨の中を七キロ以上、歩かなきゃならない」

と柴伍長が進言した。

「トラックで移動出来るほど経路が安全ならそうしよう。ちと上に尋ねてみるよ」

「俺たち、たいして敵を削っていないような気がするけど……」

と比嘉がハイドレーション・パックのチューブを咥え、特製エナジー・ジュースを二口飲んでから言った。

「そうだな。敵はあっという間に後退して行った。だが俺が敵なら、背後から仕掛けようなんて思わないね。今の俺たちの火力は、無茶苦茶というか、常軌を逸している。歩兵が持っている火力じゃない。酷い返り討ちに遭うのがオチだ。消えるのを待つ。ここの守備隊は、弾の補給を受けて、また立て直すさ」

司馬一佐は、指揮車〝ベス〟の中で、どうにか受信出来たモノクロの画像を見ていた。

何隻かの中国海軍艦艇が写っている複数の写真で、待田が撮影データのGPS座標を海図に落とし込んで位置を確認していた。

「これ、無線も通じないのに、どういう絡繰り(からくり)なのよ？　なんで私たちが見られるの？」

「ちょっと複雑ですよ。たぶん、撮影したのは、F‐35だと思います。A型かB型かはわからない。雲の上を飛んで撮影空域まで接近し、一瞬、突っ込んで雲の下に出て、シャッターをパチリ。すぐ上昇して、しばらく雲の中を飛び、また雲の下に降りてパチリ。命懸けです。

この荒れ狂う線状降水帯の中では、たいがいのドローンは飛べない。スキャン・イーグルなんて突っ込ませたら、あっという間に空中分解する。でも問題はここからで、F‐35戦闘機は、雲の上に昇って、ネットワーク機能を使って、いろんな所に電送写真を送る。偵察機としての運用です。護衛艦隊も、AWACSもそれを受信出来たはずです。でもわれわれは出来ない。そこで中継機の出番です。別のF‐35戦闘機が、この場合、F‐35B戦闘機が、われわれのすぐそばを飛んで、このデータを送ってくれたんです。五分ほど前、戦闘機の爆音が聞こえたでしょう。その時です」

「これ、土門さんも見えているの？」

「確認はしていませんが、向こうの近くも飛んでくれたはずです」

「敵の先鋒隊はもう上陸しているわよね？」

「どうでしょう。この時化ですからね。いずれにせよ、第3梯団は存在し、彼らは、ここ新竹と桃園に向かっていたということです。三〇分前はね」

「誰がどうやって迎え撃つの？　敵が占領した後の空軍基地をたまに砲撃していた台湾軍の野砲部隊がいたわよね？」

「彼ら、後退しました。砲弾が尽きて。でも、良く持ち堪えましたよ。国防部は肝心の弾を遣さなかったのだから。自分の推測としては、花蓮から、戦闘機部隊が出るのだと思います。通常爆弾を抱いて、目視照準での通常爆撃です。敵が海岸に留まっている間しか攻撃できませんが。戦闘ヘリも残ってはいるでしょうが、数は知れているし、必ずミサイルが飛んで来る」

「敵は、海岸に留まるようなヘマは二度と起こさないわよ」

解放軍第1梯団の上陸時は、それで二万の将兵が波打ち際で一瞬のうちに全滅したのだった。

「ファームの部隊は善戦して基地まで辿り着きつつある。基地を奪還すべき？」

「敵が、戦車や装甲車の揚陸に成功していたら、面倒なことになります。対戦車火器の数は限られる」

「あの人の水機団は今どこよ？」

「残念ですが、全くわかりません。推定するしかか……。ただ、宝山に近づけば、地上波無線が繋がるとは思いますが。それが繋がっていないということは、苗栗県(ミアオリー)の公館郷(ゴングアン)とか、まだその辺りではないですか？」

「話にならないわ。まだ五〇キロもある……」

「移動しているという前提での話ですから、期待はしない方が良いかと。何しろ大所帯です。そんなに簡単に移動はできないでしょう。戦闘中だったわけで」

「空軍基地を奪い返すべき？」

待田は、新竹空軍基地の画像を出した。

「雨が降り始める直前の画像です。基地内の至る所に、塹壕が掘り返してあります。もとが軍事基地ですからね。とにかく防備は完璧ですよ。それなりの犠牲を覚悟しないと、歩兵だけで攻めるのはお勧めしません。もし、水機団が戦車や野砲込みで到着するなら、待つべきかと」

「周囲を掃討しつつ？　もしそこに、敵の軽戦車でも現れたら？」

「それは仕方無いですね。そこまで心配して自重すると、ではこれまでの新竹防衛の犠牲は何だったのか？　ということになる」

「わかったわ。では作戦を立てましょう。大隊長殿はどこなの？」

「野戦病院の体育館。また満員だそうですから。今度は敵の負傷兵で」

「いつまで続くのよ、これ……」

無線も偵察ユニットも使えない戦闘は、長らく経験が無かった。演習でも、それらは使えるという前提でなければ訓練が成り立たない時代なのだ。

もう一時間もすれば、この周囲のどこに敵の戦車が現れても不思議はない状況になるのだ。いったいこんな中で敵はどうやって命令をやりとりしているのか。それとも本当に両者の条件は同じなのか、司馬は不安になっていた。

土門と頼(ライ)中佐が乗る指揮車両〝メグ〟は、後龍渓(ホウロンシー)に沿って、苗栗市市街地の東端を北上していた。ようやく、黄(ファン)中尉の小隊を乗せたトラック三台が追い越し前方へと出ていく。

　ここまで、郷土防衛隊の検問所で二度引っかかった。何しろ無線が使えないので、突然現れた自衛隊車両に彼らも困惑している様子だった。

　その検問所を通過するために時間を食った。

　土門の車両も、偵察写真の受信に成功していた。一枚、ぞっとする写真があった。エア・クッションを斜めから撮影している。軍用トラック二台に挟まれ、中央に戦車が一両乗っていた。型はわからない。軽戦車の類いか、主力戦車かはわからないが、敵が戦車の揚陸を目論んでいることは明らかだった。

「戦車部隊を率いる舟木一佐でしたか。今度は戦車戦が出来そうですね」

　頼中佐が、不安を紛らわせようと、どうでも良い話を持ち出した。

「私は、別に戦車廃止論者では無いけどね、戦車を戦車で駆逐するなんて馬鹿げている。誘導ミサイルが登場してから、いったい何十年経っていると思っているのか……。日本が本土決戦をやる可能性はほとんどない。ロシア軍が北海道に上陸してくることはないし、中国軍が九州本土に押し寄せることも、まあないだろう。そしてわれわれは外征軍ではない。対抗手段の研究があるから、研究用に数十両戦車を輸入するくらいのことは良いだろう。あとは、またどこかで多国籍軍活動に参加する時、同盟国と旗を並べる程度の数で良い。ところが彼ら戦車屋ってのは、G7加盟国で、戦車を国産できないなんて恥ずかしいとか言うんだぞ。イタリアもカナダも戦車なんて造ってない。それが恥ずかしいなら韓国とG7を交替すりゃ良いんだ……。あっちの戦車は海外にも売れている。いや、私はもちろん、10式戦車は好きだし、こういう戦場では役にも立つが、少なくとも三〇〇両も四〇〇両も維持する必要は無い。あれは陸軍の宿痾(しゅくあ)だな。鉄砲と戦車は国産して当然という」

「今度の20式小銃は良いですよ。あれは名銃になる」

とコンソールに就くリベットが北京語で口を挟んだ。

「あんなもん、SCARのパチモンだろうが！」

「現代にアサルトを開発すれば、どれもああいうデザインになります」

「それに、今時、五・五六ミリだぞ。米軍が六・八ミリ弾に進化しようとしている時に」

「うちは弾を買う金がないから仕方無いですね」

「だからこそ戦車なんて止(や)めりゃいいんだよ。第3梯団の兵員規模がどのくらいか聞いているかね？」

と頼中佐に聞いた。

「東海艦隊、南海艦隊、それぞれ一万五千人規模と聞いています。桃園も新竹も、守る側は、その十分の一以下ですが」

と頼中佐は答えた。

「なぜそうなったんだね？」

「恐らくは、総統府の命令だと思います。今回の戦争で、万一、桃園から南を失っても、台北さえ守り切って、国民をそこに集めれば、台湾という国家は維持出来る。大陸に於ける香港のようなものでしょう」

「だが、香港がどうなったかは皆知っているよね？」

「大陸は、兵士も武器も底をつくことは無い。これは間違った戦略だと思っていましたが、今はもう自信がありません。この後さらに第4梯団、第5梯団が来るとしたら……。結局、アメリカは来てくれなかった。少数の海兵隊を遣して、アメリカが付いている！　とぬか喜びさせただけです。

われわれは世界から見捨てられた」

「今日の台湾は、明日の日本だな……。結局、神は自らを助く者しか助けない。だが、ウクライナよりはましだぞ？　敵は陸続きで攻めては来ないし、君たちは一人じゃない。彼らが味わった絶望感よりはましなはずだ」

「でも、もし新竹が陥落したら、米軍はきっとB-52爆撃機を飛ばしてきて、半導体工場を跡形無く焼き払いますよね。お前達の半導体工場は、北米や日本で再建すれば良いと」

「同感だ。それは間違い無い。あの街での犠牲は全て無駄となる……」

　F-35が撮影した写真には、他にも野砲を積んだエア・クッション艇もいた。恐らく何隻かの戦車揚陸艦は、無傷で海岸に達するだろう。彼らの上陸を阻止する手立ては無かった。原田小隊が十分な数の対戦車ミサイルをまだ持っていれば良いが……。

　ここから新竹までは、山間部を二箇所越えなければならない。高さは知れているし、自分らは今、整備された幹線道路を走ってはいるが、敵のコマンドが仕掛けるには絶好のポイントだった。もちろん敵は、自分らが向かっていることは知らないはずだったが、車列はあまりにも長い。何キロにもわたっており、戦車は最後尾だ。

　その戦車部隊がちゃんと付いて来ているかどうかすら全くわからなかった。

　ようやく市街地を抜けて、道が登りになった。しばらくカーブが続く。土門は、後ろのバーを両手で握ってカーブの加速度に耐えた。

第五章　兵貴神速

頼(ライ)艦長は、叩きつける雨の中で、まだ戦ってい
た。戦車揚陸艦をまた一隻炎上させた。
だが、もう限界だった。弾が尽きたのだ。主砲
弾も、バルカン・ファランクスの弾も尽きた。あ
とは重機関銃しかない。だがこれは敵も装備して
いる。千メートルの至近距離で撃ち合うことにな
る。そして敵はたぶん、主砲弾もまだたっぷり残
っていることだろう。
「副長、どうしたものかな?」
「あちこち、弾痕から浸水しています。沈みはし
ませんが、いったん後退して、どこかの港に入っ
た方が良いでしょう。重機関銃で撃ち合って沈む
のはバカらしい」
「そうだな……。やるだけのことはやった。一番
艦は無事だと良いがな。いったん基隆へ戻ろう」
皆が、安堵のため息を漏らすのがわかった。
針路を北東へと取ると、成功(チェンゴン)級フリゲイトと
すれ違った。あれでも三〇ノット近い速度を出し
てすっ飛ばして来たのだ。
「彼らに、獲物が残っていることを祈ろう!　敵
はどのくらい上陸できると思う?」
「半数は確実に上陸するでしょう。あとは地上部
隊に任せるしかありません。われわれは、やるべ
きことをやりました!」

「ああ、そうだな。みんな良くやってくれた！　残存艦艇が到着すれば、敵はそれ以上の接近は出来ないし、海岸線に展開して、ビーチを砲撃も出来る。もっと削れるだろう」

〝富江〟は、台湾の島影へと接近し、速度を落として戦場を離脱した。味方艦のレーダー波を次々とキャッチし始める。だが、二〇ノット僅かの旧式艦は、間に合いそうには無かった。空軍部隊も出てくるだろう。本艦が全てを背負い込むことは無い……、頼は自分にそう言い聞かせた。

桃園郷土防衛隊を率いる李冠生（リーグワンション）陸軍少将と海兵隊一個大隊を率いる陳智偉（チェンヂーウェイ）大佐は、空港北端を出た先の竹囲（ヂュートン）漁港の護岸に立っていた。

水平線は見えない。大波が時々、突堤を越えて打ち付けていた。酷い時化だった。

二人共ポンチョを着ているが、裾を両手で押さえないと身体ごと持って行かれそうな強い風が吹き荒れていた。会話もままならず、乗って来たハンヴィーの後部座席にすぐ引っ込んだ。

「海兵隊や陸軍の戦車が何両か向かっているはずですが、路面走行なので、一時間前に出たとして、最短でもあと二時間は掛かる」

と陳大佐が説明した。

「対戦車火器は？」

「ジャベリンがほんの僅か。さすがに、第3梯団との戦闘は想定してませんでした。M72ロケット・ランチャーはあるにはありますが。あと迫撃砲部隊は頼りになるでしょう」

「それに航空部隊か……」

「それは期待できないですね。無線が通じないとなると、彼らは敵味方の識別が出来ない。いったん上陸を許したら、爆撃は無理でしょう。洋上を移動中に爆弾やロケット弾を浴びせるしかない」

「向かってくる敵の何割が上陸に成功する？」

「われわれは、空港正面のビーチを守ることに集中せざるを得ない。そこを避けて上陸されたら、部隊の八割は無傷で上がってきます。どうにも出来ません。地上波無線機は全く通じないわけでは無いが、何しろ部隊の数が知れている。せめて、歩兵だけでも台北から送ってくれれば、一時間で着けたのですが……」

「それにしても、ここは上陸に適した場所だよね？ ビーチは幅が広いし、隣には、それなりに立派なこういう港もある」

「ええ。ウクライナの直後、海岸に対舟艇障害物くらい置くべきだと意見具申はあったらしいのですが……」

「金門馬祖にあるあのX字の鉄骨か。国民は少しは身構えるだろうが、大陸と往き来する旅客機からそれが見えるのはよろしくないよね？ 警戒心というか、敵意をむき出しにしているようで」

「海軍艦艇が少しは減らしてくれたと信じたいですね」

姿は全く見えないが、砲声音はここまで届いていた。

「どうするね？ 作戦としては、それなりに時間稼ぎして放棄ということもあり得るが？ 増援を遣さない総統府の責任だぞ。われわれが死ぬことはない。特に若い兵隊が。君の部隊はもう十分に戦ったじゃないか？」

「ええ……。それも考えつつ応戦しましょう。ケルベロスは、また来ると思いますか？」

「この天気で、あの大型のドローンが飛べるかどうかだな。昨夜の経験でわかったが、とにかく、パニックを起こさないことだ。冷静に対処すれば、倒せる。所詮はロボットだ。ＡＩだのドローンだのと、今風な言葉で語るから恐ろしい存在に思える」

「でも、それなりの弾数を消費することになる。一体潰すために」

大佐は、ハンヴィーを出すように命じた。ビーチ沿いに布陣する部隊には、すでに命令を出してあった。無線は通じず、味方はたぶん来ない。全員ビーチにタコツボを掘り、敵に応戦せよ！　と。

もちろん、こんな天気で、いくらビーチとは言っても、一時間二時間で掘れるタコツボなどない。盛り土を造って弾避けにする程度のことしか出来なかった。

李将軍がターミナル・ビルの指揮所に戻ると、指揮所要員らが装備を着込んでいつでも応戦できるよう準備を始めていた。

「少年烈士団はどうした？」と楊世忠少佐に尋ねた。

「はい。起こして、全員地階に避難させました。防空壕というほど立派じゃないが、ここの床はそれなりの厚さがあるから、上の階よりはましでしょう。空港を出て避難する時間はありますが……」

「この豪雨の中、使い捨てポンチョで何キロも歩かせるのは酷だぞ」

「はい。少年らが希望したので、銃を持たせたまま下に降ろしました」

「それで良い。だが、もしまた彼らの手を借りるような状況に陥ったら、白旗を掲げよう。われわれはもう十分に戦ったさ」

「同感です。ただ、ケルベロスがまた現れたら、ロボット犬は、白旗の意味を理解してくれるかどうか……」

「海を渡ってまた現れるかはわからないが、傭兵部隊と一緒にどこかに消えたケルベロスが数台いることは間違いない。それはまた必ず襲って来るだろう」

「ええ。全員に警告しています。コンビニも間もなく閉めさせて、地階に避難してもらいます。彼らの衛星通信も繋がらず、ネットも使えませんので」

「良いだろう。皆、今の内にポンチョを着ておけ。いざという時に、忘れて飛び出す羽目になるぞ。それと、私の銃をくれ！　ここに教会でもあれば良かったなぁ。暇つぶしに祈りを上げたのに……」

李将軍は、自ら範を示すべく、羽織ったポンチョの上から、M‐16を背中に担ぎ、ヘルメットを被ってあごひもを締めた。

コンビニ・スタッフの小町らは、なるべく多くの食べ物とジュース類を地階に降ろすべく奮闘していた。

最初はリヤカーやカートで降ろそうとしたが、電力があるここでもエレベータは動いていない。結局、少年烈士団の助けを借りて、段ボール箱を階段を使ってせっせと階下のレストラン街に降ろした。

小町は、その作業を手伝う依田健祐に「お早う！」と呼びかけた。

「お早うって時間じゃないですよね？　それに、たぶん誰もたいして寝られなかったはずだし。お姉さん達はちゃんと寝てるんですか？」

「私たちはここでもシフト制にしてちゃんと休憩を取って寝てます。でも重ねた段ボールの上じゃ、熟睡とまではいかないわね」

「外は酷い天気なのに、また敵が上陸してくるって本当ですか？」

「郷土防衛隊は、もうすぐそこまで来ているはずだと言っているわね。この天気で沖合が見えるとも思えないけど。でも、傘を差しても無意味なほどの土砂降りで、車も無しに避難はできないわ。雨が上がるまでここに立て籠もるのが正解でしょう。われわれはここでお店を開くことにするわ」

「え？　お金を取るんですか？」

「ただですよ！　でも数に限りがあるから、配給になるわね。何時間、何日立て籠もることになるかわからないから」

「小学校体育館の防空壕、トイレはバケツでしたからね。ここは戦場のど真ん中でも天国ですよ。ずっとここでいいや」

「銃の取り扱いには気を付けるのよ。私、暴発の流れ弾で死にたくないから」

　健祐はハイハイ！　と生返事して、皆の元に戻っていった。別に、少年らは銃を担いで歩き回っているわけではない。ただそばに纏めて置いてあるだけだ。

　戦闘が長引くようだと、今、上の階にある物資も夜には消えて無くなるだろう。ここでの配給を絞る必要が出てくる。スタッフで、それを検討する必要があった。


　第一護衛隊群は、台湾海軍にやや遅れて前進中だったが、低空を飛んで引き返すP‐1哨戒機から映像データを受け取り、行き足を止めようとしていた。

「僚艦のレーダー波を受信することで、互いの安全距離はある程度確保できるわけだが、それは同時に、対レーダー・ミサイルを喰らう危険もあるということだ。それに対して、対空ミサイルを撃てるような状況には無い。危険だと思う。この時化と視程では、接触事故の危険性も高い」

　と國島が暗に後退を示唆し始めた。

「そうですね。敵の上陸阻止には間に合わないことも事実です。台湾海軍の主力もです。あとは、雲を利用しての空からの一撃離脱の攻撃に賭けるのが一番安全で確実でしょう。いったん、基隆沖に下がりましょう。それが賢明です」

と首席幕僚が同意した。

「とはいえ、こう離れていては、暗号通信も出来ないぞ。どうやって艦隊に命令を出す？　発光信号も届かず、哨戒ヘリの誘導もままならない。これは、判断ミスだったな。こうなる前に引き返すべきだった」

「ヘリを飛ばしましょう！　おおよその各艦の位置はわかっています。それでヘリを飛ばし、視界に入り、無線が通じた所で、後退を指示させる」

「それが一番無難か……。時間が掛かりそうだが、他に手は無いな」

「やむを得ません。こんな事態は誰も想定できませんでした。われわれは単に雨雲が張っている前提で前進したのですから」

「慰めにはならんな。時間も労力も燃料も無駄にし、艦隊を危険に晒した。台湾海軍にも良い顔はされないぞ。作戦に想定外があっちゃならん。新兵器はいつだって出てくるものだ」

艦隊は、五月雨式に転進して後退し始めた。もっと早くに第3梯団発進が判明していれば、手の打ちようもあったが、何もかも手遅れだった。今回、中国軍は、兵貴神速を地で行ったのだ。

第三即応機動連隊長の堤宗道一佐は、通訳の頼(ライ)筱喬(シャオチャオ)とともに軽装甲機動車の後部座席に乗っていた。無線は通じにくいが、車列の前後では問題ない。装軌車両がいるわけでもないので、速度制限も無い。

台北市内を抜け、前夜、桃園への増援部隊が奇襲攻撃を受けた三峡(サンシア)を通過する時は緊張したが、基本的には、渓谷だの山間部だのと言っても、ずっと住宅街だ。ただ、焼け落ちた放置車両にはショックを受けた。まるで数年間戦乱が続いている中東のどこかという感じだった。確かにここは戦場だった。

通訳として陸自部隊に同行する筱喬は、今は陸自の防弾チョッキと鉄帽を身に着けさせられていた。恐ろしく重たく感じた。前後に防弾プレートが入り、胸というか、呼吸を締め付けてくる。鉄帽に至っては、あまりの重さに頸椎がすり減りそうだった。兵隊さんは、普段からこんなに重たいものを身につけ、挙げ句に米袋のように重い銃を持って走り回っているのかと驚いた。

「桃園空港って、ただの地方空港だと思っていたけれど、首都からちょっと遠いよね？」

と堤が話しかけた。

「はい。日本で言えば、成田空港ですね。台北にある松山空港が、あまりに手狭で危険なので、あっちは、羽田より、伊丹空港のような位置づけで……」

「そんな感じだね。あれは危険だ。拡張しようもないし」

「桃園空港は、高速鉄道が開通してから、だいぶ便利になりました。ほんの三五分で台北市内ですから、モノレールと山手線を乗り継ぐ感じです。ただ、道路だと離れているだけで。大陸との往来が盛んだった頃は、毎日、何千人もの人々が往来していました。米中デカップリング、コロナ、大陸の脅し、ウクライナ戦争。何もかも変わりました。大陸との相思相愛、互恵関係は全部、終わった感じがしていました」

「もう元には戻れないですか？」

「いえ。私たちの政権が替われば、変化もあります。台湾人も、一定数が期待しています。アキナミを送る？」

「ああ、秋の波と書いて、シュウハを送ると読みます。日本人だから意識しないけど、日本語って、ちょっと滅茶苦茶な所があるよね」

「そのシュウハ。良い言葉ではないそうですけど、でも、台湾人の本音です。われわれは同胞だし、つい昨日まで、ウインウインの関係だった。殺し合うなんて馬鹿げているし、互いを警戒するために、軍備にお金を使うのも無駄です。だから、台湾は、徴兵制の完全復活も見送った。矛盾していますけど、それがわれわれです。日本人を巻き込んだのは、本当に申し訳ないです」

「でも、自由は気高い。守るべきでしょう」

「自分は、いつでもここを捨てて日本へ亡命できます。日本人が、台湾人の大量移民を受け入れるかどうかわからないけれど、自由や民主主義は空気のような存在で、その有り難さを私たちは本当に理解していません。選挙では、お祭りみたいにはしゃぐけれど、でも民主主義の価値を理解しているかどうか……。香港市民は、結局は、共産主義を受け入れ、自由を捨てて暮らしている。台湾もいずれはそうなるでしょう。自由の価値を信じる者たちは、何万人と海外に脱出するでしょうけど。たぶん、それで終わりです」

「日本は台湾を失うと困るんですよ。沖縄や石垣、与那国を国防の拠点として更に強化する必要が出てくるから。尖閣を巡ってはますます厳しくなるだろうし。中国が、台湾を奪い返して、軍備増強を止めてくれるとも限らない。むしろ、その矛先が一心に日本に向かってくるだろうと警戒するから、われわれはここで血を流して食い止めるんです」

「でも、皆さんは北海道の部隊なのですよね？」

「そうそう！　名寄と言って、日本で一番北にある部隊です。北方最前線の部隊でして、冷戦時代は、一番最初に戦場になると皆覚悟していた。そんな所から、いきなり台湾に行け！　ですからね。みんなびっくりしましたよ。隊員の家族も泣きました。でも命令は命令だし、後方の一番安全な地域から部隊が派遣されるのは、戦争では良くあることです。われわれは足が軽いし、ほら、中国の言葉で、兵貴神速という言葉があるでしょう。確か、三国志の魏志に登場する」

「日本の男性、呆れるほど三国志が好きですね？」

「それもわれわれより上の世代までだな。兵は神速を貴ぶ――。もちろん鍛えているし、良い仕事をしてみせます」

郷土防衛隊の検問所が現れて、先頭を走っていた軽装甲機動車と、96式装輪装甲車が減速して停まった。昨夜のことがあったので、彼らもぴりぴりしている感じだった。

土嚢を積んだ陣地の中から、銃口が向いていた。筱喬は、軽装甲機動車を飛び出すと、土砂降りの中を駆け出し、その検問所に走り込み、早口で怒鳴りつけた。厨房での叔母さんを真似て、ここは度胸でやり抜くしかなかった。

「味方の戦車が来るんじゃなかったのか？」と尋ねられたので、「そんなものは知らない。自衛隊の戦車では不満か？　さっさと通せ！」と怒鳴り返した。

上空を戦闘機が爆音を轟かせて通過した。黒い影が編隊を組んで二度、横切った。こんな土砂降りなのに、その姿が見えるということは、相当に低く飛んでいるということだろう。本当に、第3梯団とやらが近づいているのだろうか？　台北の緊張度はそんなでもない感じだったが……、と思った。

海兵隊の一個小隊を指揮する王一傑（ワンイージェ）少尉は、学徒兵だった。名門台湾大学で卒業間近だったが、単位をひとつ落として留年決定というところに、予備役将校訓練課程のリクルーターに口利きを約束され、この臨時召集に応じてしまった。

台北北部の観光地で再編成中の部隊に合流した時は、まさか自分が鉄砲の引き金を引くことなどないつもりだったが、いきなり過酷な戦闘に放り込まれた。

今でも、自分が生きているのが不思議なほどだった。

防御陣地というか、自然の窪みを利用しただけの陣地だ。不思議なことに、砂地なせいか水はけが良く、水は踝の深さしか溜まっていない。

土手部分には塩分に強い植物が茂ってカムフラージュになっている。水平線は見えない。どこが海面と空の境界かすらわからなかった。

だが、それにしても酷い眺めだった。とてもビーチなどとは呼べない。海水浴できるような海岸ではない。砂浜は、一面ゴミで埋め尽くされている。まるで、ゴミ清掃車が何十台も往復して、その日回収した生活ゴミを全部ここに捨てた後のような光景だった。これが全て金属なら、少しは弾避けになるのだろうが、基本は水に浮くプラゴミだ。対岸の大陸から流れてきた大量の不法投棄ゴミだ。大陸の人間に環境保全の理念を受け入れさせるには、もう百年はかかりそうな気がした。

情報参謀の呉金福（ウージンフー）少佐がバイクで駆け込んできた。

「少尉！　たぶん、間もなく敵が現れるぞ。いいか、時間稼ぎが目的だ。ここで戦死するな。やばいと思ったらさっさと下がれ。そもそも、第1梯団、第2梯団と、水際で抵抗したことはないんだ。

第1梯団は、上陸した後に、野砲の雨あられで潰滅させたし、第2梯団は、無数の民間船舶をビーチに突っ込ませての上陸で、抵抗しようもなかった。水際防御を試みるのは今回が初めてで、たぶん成功しない」

「あっさり言うんですね！　少佐」

「なあ、君が部隊に着任した時、沖合に現れた敵艦隊の存在を国防部に報せるために、俺は、レンタ・サイクルで陽明山（ヤンミンシャン）を駆け降りたんだぞ。その前は、東沙島から命からがら脱出した。もちろん、あの島じゃ、もう生きて出られないだろうと覚悟した。こんなのは、この三週間、われわれが耐えてきた苦労を思えば、どうってことない。いくら怒鳴り散らしたい気分でも、普段通りに、過酷な運命と闘うまでだ」

　突然、背後から味方の戦闘機が降りてきた。靄の向こうに爆弾を投下した。ここからは何も見えないが、上からは少しは視界があるのだろう。

　靄の中で爆発が起こり、近くから、曳光弾が空に上がるのが見えた。さらにしばらくすると、その靄の中から、小型の戦車揚陸艦が現れた。ただし、黒煙を上げていた。黒煙を上げて燃え上がり、すでに傾いていた。惰性で突っ込んでくるのだ。

「じゃあ、生き残れ！　頼んだぞ曹長！」

隣のベテラン下士官、劉金龍（リウジンロン）曹長の肩を叩いて少佐はまたバイクに跨がって駆け出した。

　彼らの傍らには、M72ロケット・ランチャーのチューブが二本置いてある。少し離れた所には、M2重機関銃の銃座も作ってあった。

「どう思う？　曹長」

　ポンチョ姿の王少尉は、その場に腹ばいになったまま尋ねた。伸ばした足の爪先は水たまりの中だ。

「雨だけでもうっとうしいのに、この景色ですからねぇ……。ゴミの山の中で死ぬのは惨めだ。運不運ですよ、少尉。敵は、一定の幅を持って上陸してくる。われわれの眼の前に上陸してくるのが、上陸用舟艇に乗った歩兵か、エア・クッション艇で向かってくる戦車かです」

「どっちも嫌だな……」

「自分もです」

戦車揚陸艦が、目前で擱座（かくざ）する。波打ち際までほんの二〇〇メートルも無かった。兵士たちが、舷側からロープを降ろして海面へと降り始めた。ただし、ラフトがあるわけではない。装備を捨てて飛び込む兵士もいた。装備を持っていては、ライフベストを着ていてもこの波ではきつそうだった。

その靄の中から、突然、巨大な船が現れた。726型エア・クッション艇だった。砂浜に突っ込んでくる。

「このエア・クッション艇、帰すわけにはいかないよね！」

「そうですね。攻撃のタイミングを許らないと」

ものはエア・クッション艇だ。砂浜をどこまで上ってくるかわからない。暴風が巻き起こり、巻き上げられた砂粒が頬を叩き、ゴミが宙を舞った。

「これを利用して接近しよう！」

向こうも視界ゼロのはずだ。エア・クッション艇は、砂浜を五〇メートルほど乗り上げた所で停止し、前方のランプドアを地面に開いた。

王少尉は、M72を持つ兵士とともに前方へと出た。反対側からジャベリン対戦車ミサイルが飛んで来て、艇内のデッキに飛び込んだ。

だが、その黒煙の中から、05式水陸両用歩兵戦闘車が二両、飛び出して来た。M72LAWを真横から撃つ。側面に命中したが、それだけだった。煙があがっただけでびくともしなかった。

「巨大怪獣に豆鉄砲を撃ったような感じだな」

だが幸か不幸か、その戦闘車は立ち止まらなかった。反撃も無い。向こうもきっとテンパっているのだろう。早くこのビーチを脱出したいのだ。二両は我先にと、丘を乗り越えて、道路へと向かって走って行く。銃座に兵士がいるにはいたが、首をすくめたままで、撃ってくる素振りは無かった。

反対に、エア・クッション艇は、さっさと沖合へと引き返して行く。

海岸から一刻も早く離れよ！　が命令なのだ。

「背後から、もう一発撃つか？」

「駄目です。あの装甲車の後部には、分厚い防弾板がある。あれを一枚吹き飛ばすだけで終わる。どうせ敵は、ビーチの歩兵に関心はないでしょう。次の敵に備えましょう！」

「次もまた同じ編成だったら？」

「われわれに止める術はありません！　残念だが無力です」

雨に打たれながらこのゴミ山で、ただ身を潜めて、敵の上陸を見送るだけなのか……。

呉少佐は、空港端の航警局保安大隊詰め所の玄関にバイクを放り出すと、玄関に駆け込んだ。

「72ミリＬＡＷ、05式装甲車に全く通用しません！　どうしましょう？」

「そりゃ、重量二五トンの装甲車は、最低限、72ミリＬＡＷくらいには耐えられるよう設計されているだろうからな。せめてＡＴ‐４でもあればな……」

「後退しますか？」

と作戦参謀の黄俊男(ホァンジュンナン)中佐が進言した。

「いや、われわれは海兵隊だ。車体を抜けなければ、履帯を狙うさ。あるいは、車体に駆け上ってハッチを開けて手榴弾を投げ込む！　全員、何としても敵装甲車を止めろ！　と命じろ。だいたい、あれ、ただのアルミ合金だろう。抜けないことはない。時間を稼げ！　味方戦車が到着するまで、障害物でも何でも置いて前進を阻止せよ！」

陳大佐は決然とした覚悟で言い放った。

夜明け時から、準備はしてきた。戦車部隊の上陸に備えて、路肩のあちこちに、いざとなったら車両を出して進路妨害できるよう並べていた。もちろん、戦車となれば、重量差で押されるだろうが、ブービー・トラップを仕掛けて時間稼ぎは出来る。海岸沿いを走る片側三車線道路を封鎖し、畑の中を走る隘路や農道へと誘導して、肉薄して攻撃を仕掛ける作戦も立てていた。

「われわれも出るぞ！　トラックでも何でも良い。車両を繰り出して道路封鎖しろ」

戦車が来たところで、どうせ旧式のＭ‐60戦車だ。敵の装甲車は、機関砲はたいしたことはないが、対戦車ミサイルを装備している。その餌食になるのが関の山だった。

指揮車両〝メグ〟の作戦テーブルで、待田は、テーブルに広げた新竹空軍基地付近のモノクロの衛星写真のＡ３プリントに、最新の情報を書き加えていた。

指揮コンソールにいても、仕事は無かった。何しろ衛星もドローンも使えない。無線も地上波のみだ。

敵部隊上陸の様子は、空軍基地を迂回して海岸線に配置された偵察部隊からの、聞き取り辛い平文の通信情報によるものだった。

「南は、この中華路（ジョンファルー）五段が海岸にまで肉薄する、風情（フェンチン）海岸。北は、頭前渓（トウチエンシー）の河口、それなりの港もあります。ここに戦車部隊を上陸させたようです。砲塔前面に、リアクティブ・アーマーらしきものが目撃されているので、おそらく15式軽戦車でしょう。田んぼのような軟泥地での活動に適しています。数は、双方、数えられただけで合計二〇両を越えます。たぶん、戦車揚陸艦からでしょう」

司馬一佐は、しばらく反応しなかった。何かを考え込んでいた。

「……これ、第3梯団上陸の気配ありの報せから、ほんの二時間で起こっていることなのよね？」

「何しろ、海峡の幅はほんの百数十キロですから、毎日の偽装出撃でこちらを鈍感にさせ、さらに人工降雨で時間を稼げば、こんなものです」

「まさに兵貴神速ね……。ジャベリンは数は足りている？」

「国産ミサイルもありますが、敵の装甲車両が多すぎます。恐らく、装軌装甲車、装輪装甲車までカウントすると、現状、最低でも七、八〇両にはなるでしょう。上陸はまだ続いている。解放軍は今回初めて、まともな部隊を上陸させたと言えます。戦車には必ず装甲車両が随伴する。戦車だけを狙えません」

「作戦は？」

「基地に肉薄しているファームの中隊が孤立することになりますが、敵は当然幹線道路を走ってくる。敢えて街中に入れましょう。小さな住宅街に町工場。障害物だらけです。戦車も装甲車も、千メートル向こうを狙っての攻撃は難しくなる。逆にわれわれは路地裏から肉薄できます。当然敵は、歩兵を下車させて前進してくる。そこをエヴォリスで攻撃、歩兵の数を減らしつつ、戦車を孤立させる。こちらも削られることは間違い無いが、他に手はありません」

「水機団とはまだ無線は繋がらないのよね……。

宝山に出る一号線？」

「自分なら、部隊を分けて、一部を福爾摩沙（フォルモサ）高速道路に回します。敵に遅れを取ったと判断して。そう進言します」

「あの人、そんな機転が利くかしら。まあ、向かっているという前提での話だけど」

「もし福爾摩沙高速道路に乗ってくれていれば、向かってくる敵を背後から衝けます。最高のタイミングで！」

「奇跡に賭けられないわ。敵を街中に入れて、少しずつ削りましょう。何だか、一つクリアするごとに、マップの難易度が上がるＲＰＧみたいね」

「そうですね。でも、戦闘ヘリ部隊も加勢してくれますよ。この視程とは言え」

「彼らとすら連絡が取れないのに？　どこかで、ほんの一〇分でも敵を足止めしてくれれば助かるけれど」


時々爆音が聞こえてくるが、それは全て沖へと向かう戦闘機部隊のものだった。台湾軍も遊んでいるわけではない。航空部隊は一生懸命反復出撃で攻撃している。だが、この視程の悪さと数の多さから、十分な戦果が得られないのだ。

藍（ラン）大尉は、久しぶりに自分たちの本来の基地である桃園龍潭（タオユエンロンタン）の第601航空旅団基地に帰っていた。開戦当初、手酷い爆撃を受けて基地機能はほとんど麻痺していたが、台湾本島の制空権を回復してから、徐々に復旧しつつあった。

無事だった同僚たちと生還を祝える状況では無かった。この二時間だけで、何名ものパイロットが還らぬ人となった。

だが、今はここでそれなりの補給と整備も受けることが出来た。ヘルファイアとロケット弾、そして燃料補給を受けて、四機編隊で離陸した。

目的地は、すぐ西隣、ほんの三〇キロもない新竹だ。敵戦車の揚陸を許してしまったのは間違い無い。街中へ入る前、田園地帯を走っている内に叩くことが必要だった。

相変わらず雨も風も酷い。離陸してから雲の中には入らずに、編隊を組んでずっと雲の下を飛んだ。地上を這うように。

新竹の手前で、南北二手に分かれる。敵が辿るだろうルートは察しが付いていた。ここは陸軍戦闘ヘリ部隊にとっては最重要防御エリアだ。日頃から研究し尽くしている。

平龍義（ピンロンイ）少佐と藍大尉の二機編隊は、いったん宝山南側へのルートを取ると、風情海岸の南へと出た。

中華路四段に沿って走る鉄路の上を飛ぶ。本当は地を這うような低高度で飛びたかったが、この辺りは、至る所、無数の電線空中線が張ってあった。藍大尉は、濁水渓の戦いで、夜間飛行で一度空中線を引っかけた苦い経験があった。

平少佐が、海岸線への掃討へと向かう。藍大尉は、そのまま幹線道路沿いに北上した。部隊長からは、目標をえり好みするな、軍用トラックだろうと装甲車だろうと、眼に入ったものから優先して攻撃せよ、と厳命されていた。

「対空ミサイル車両確認！」

と田少尉が報告する。

「殺られる前に殺っちゃって！」

ヘルファイア・ミサイルが地を這うように飛んで命中する。その前方には装輪装甲車だ。次々とヘルファイアを撃つ。最後の残り二発で、ようやく戦車に追い付いた。

二両の軽戦車を潰した後、ハイドラ・ランチャーを撃つべきかどうか迷ったが、すでに工場街に入りつつある。攻撃は断念し、慎重に旋回し、山側へと引き返した。前方にはまだ無数の装甲車両が走っていた。

　自分たちの攻撃で、路上で車列が燃えている。この雨で直ぐ消されるだろうが、それが障害物となってしばらくは、後続足止めの時間稼ぎができるだろう。

　平少佐を援護して、ロケット弾を沖合の舟艇に発射して基地へと引き揚げた。


　第三即応機動連隊長の堤宗道一佐は、軽装甲機動車を空港第1ターミナル・ビルの玄関に停めさせると、頼筱喬を連れてターミナル・ビルに入った。

　がらんとしていた。一瞬、どこに指揮所があるのかわからなかった。ターミナルを間違えたのかと思ったほどだった。門兵の一人もいない。

　いったん出ようとした時、誰かがその空間の端っこから呼びかけて来た。筱喬が返事をした。

「やっぱりここのようです」

「自衛隊だって？」と李将軍が駆け出して来た。

「どこから来た？　いや、どんな部隊なんだ？　武器は何を持って来た？」

「あの、私が知っている範囲内でお話ししますと、戦車が十二両います。タイヤで走る戦車です。英語だと、ＭＣＶというらしいですが？……」

　と筱喬が説明した。

「タンク！　タンクだってぇ！　おい！　誰か地図を持って来い！」

　将軍は、ビルの外に飛び出した。16式機動戦闘車二両が、雨に打たれていた。ハッチから顔を出す兵士が、ポンチョを工夫して雨が車内に入るのを防いでいた。

「なんてことだ！　眼の前に戦車だぞ！……」

楊世忠少佐が、Ａ４用紙をつなぎ合わせて作った地図を持って走って来た。

将軍は、ターミナルに戻ると、「君の名前は？」と堤に聞き、ロービジ迷彩の名札を読んだ。

「ツツミか？　ミスター・ツツミ。君たちの助けが要る！」と英語で喚くように言った。

「え？　敵が来たのですか？……」と堤は、呆気にとられて日本語で尋ねた。それを筱喬が訳す。

「敵、敵！　君ら知らないのか？　知らずにやってきたのか？」

「たぶん上陸があるだろうという推測で台北を出ました。ただし、ご承知のように無線もほとんど使えず――」

「敵の戦車部隊がすでに上陸している。君らと違って装軌部隊だ。まだ戦車砲は見ていないが、海兵隊は、M72ＬＡＷしか持っていない！」

「それはちょっと無茶ですね。よほど運が良くなければ、敵の装甲は破れない」

「ここだ！　この赤点の所、ここに障害物を置いて、敵の一部を下の道へと追い出した。だが何しろ歯が立つ武器が無いのだ。海兵隊にとって状況は絶望的だ！　敵は今にもここに雪崩れ込んで来るぞ！」

「任せて下さい！――」

堤は、大きく頷いて、「トラスト・ミー！」と声を上げた。

「大佐、この青い点、ここを見て下さい――」

と楊少佐が通訳を頼んだ。

「味方の戦車が間に合うことを前提に、先に歩兵で、戦車用の陣地を造りました。敵の対戦車ミサイルからは死角を作れて、ほんの少し車体を前に出せば、敵の戦車を狙える陣地です。合計四箇所作りました」

少佐の部下が駆け寄り、背後からその辺りの偵察写真を出した。どれも林と建物を盾にした理想的な作りだった。

「凄い！　パーフェクトだ」

戦車兵用ヘルメットとポンチョを羽織った機動戦闘車中隊長の山崎薫三佐が現れ、改めて楊少佐から話を聞いた。

「連隊長、ずいぶんな安請け合いをしてくれましたね。こういうのはせめて一時間は頂戴しないと……」

「俺の顔を潰すんじゃないぞ？」

「まあ、われわれは臨機応変がモットーの即応部隊です。車両も増えて、麺大盛りにしてもらった分の仕事はしますよ。地図と写真を貰って良いか聞いて？」

「もちろん構いません。すみません。ポンチョ頂けますか？」と筱喬が聞き返した。

「え？　貴方も行くの？」

「だって、通訳はまだ必要でしょう。そりゃ台湾人の英語は日本人より少しましかも知れませんが、兵隊の英語力は知れてますから。特に海兵隊なんて筋肉脳な若造は」

「いてくれれば嬉しいが、危険は覚悟の上だよね」

「連れて行け！　どうせ歩兵も随伴しなきゃならんのだ。彼女がいてくれると何かと助かるだろう」

「良いんですか？　この娘、ＶＩＰなんでしょう？」

と山崎は堤に確認を求めた。

「どういうこと？」

「いや、ヤバイ筋から、ある古参の一曹に、彼女の安全に注意するよう非公式な連絡があったそうです」

「ヤバイ筋って何よ？　どこからの話？　貴方、

誰なの？」

　と堤は筱喬の顔を覗き込んだ。

「ああ……」と筱喬はうんざりした顔をした。

「気にしないで下さい。自分は平民で、別に政治家の娘とかじゃありません。亡くなった父が陸軍にいたので、たぶん私を目撃した誰かが手を回したのでしょう」

「迷っている暇はないけど、本当に良いなら同行してくれ！」

　李将軍が、道を知っているジジイどもを何人か付けてやると言ってくれた。五分後、空港防衛と、敵車両駆逐部隊に別れて車両が発進する。遠くから、M72と思しき爆発音が聞こえてくる。今時、あんな時代物の兵器で装甲車に向かうなんて自殺行為だ。あんなもので抜けるのは、日本の国産装甲車くらいのものだろうと、堤は思った。

　96式はまず持たない。今度入るとかいう、パトリアの装輪装甲車なら大丈夫だろうが。あれが全国に行き渡る頃、自分はとっくに定年退職した後だ。そもそも、いくら防衛費が増えたところで、予算は軍事費のブラックホールに消えて行くのだ。現場の装備に回ってくることはない。

第六章　即応機動連隊

　中国海軍075型強襲揚陸艦二番艦〝華山〟（四〇〇〇〇トン）は、桃園沖三〇キロまで前進していた。この巨艦がここまで台湾の沿岸部に接近したのは、第1梯団がほぼ全滅の憂き目に遭って以来だった。

　あの時、台湾空軍戦闘機は全部隊台湾本島を脱出して制空権はほぼ我が方にあった。だが今は違う。この海峡の上空を自由に飛び回っているのは、台湾空軍機、そして自衛隊機だった。

　ダメコン士官が時々現れては、馬慶林大佐に報告を上げていた。部屋の中に流れている空気が、少し焦げ臭い感じがしていた。

　しばらく鳴り響いていた耳触りで不快な警報はすでに止んだ。消火に成功したという艦内放送はまだなかったが、東海艦隊司令官の唐東明海軍大将（上将）は、別段心配はしていなかった。

　その部屋で呉雷博士だけは、ライフベストを羽織り、更に浮き輪を首に掛けていた。滑稽な姿だった。

「呉博士、君は科学者だから、ある程度計算できるよね？　この艦がどれくらい安全か？」

「どれくらい危険かなら計算できます。少なくとも、あと何度、こういう攻撃を受ける可能性があるかは」

「馬大佐はダメージ・コントロール士官も務めたことがあるらしいぞ。説明してやれ、艦隊参謀」

馬大佐は、「そんな必要がありますかね……」と失笑しながら口を開いた。

「本艦の大きさは四万トン。弾頭威力一五〇キロのマーベリック・ミサイルで撃沈させるには、最低でも六発前後を命中させる必要がある。爆弾が爆発すると、いろんな物質が高温で燃焼を始める。中には、水を掛けると危険なものもある。船体は鋼鉄だから、基本的には海水で冷やされるわけだが——」

「鎮火に成功してないじゃないですか?」

〝華山〟は二〇分前、日本の哨戒機が発射したマーベリック・ミサイルを二発喰らっていた。もっと撃ってくるかと思ったが、恐らく装備していた最後の二発だったのだろう。攻撃はそれで終わり、敵機はどこかへ消えて行った。二発ともに、喫水線上の区画に命中し、舷側に孔を開けた。風に煽られてしばらく火災が拡散したが、必死の消火活動で、今は抑え込んでいた。鎮火も時間の問題だった。

「もう間もなくだよ。何しろ火薬による火災だからね。一瞬で燃え上がり、なかなか鎮火しない」

「巡洋艦〝モスクワ〟は、たった二発で沈没しましたよね?」

「命中から沈没まで数時間かかったぞ? それに、さっきミサイルが命中したのは喫水線の上で、つまり浸水はない。ちょっと衝撃波はあったけどね。密閉された空間で、その重量の火薬が爆発すると、圧力鍋事故のようなことが起こる。だが、艦船は、そういう被弾状況を前提に設計されている。そして、今君がいる区画も喫水線の上。万一何かあっても、君は余裕を持ってこの艦から降りられる。そもそも四万トンもの軍艦というのは、それ自体が巨大な浮き袋だ。大気は君の専門だ。簡単にはひっくり返らない、沈まないとわかるだろう?」

「船内でバシャバシャ放水して消火している水はどこに消えるんですか?」

「それは良い質問だ。本艦は空母型の強襲揚陸艦。エア・クッション艇を艦尾から出し入れする。つまり、艦内にはウェルドックと呼ばれる空洞部分があり、そこは時によって海水で満たされる。艦尾が少し沈む感じになるな。消火で放水した海水は、最終的にそこに導かれ、今は何の動力も使わず、自然排水されている」

「絶対に沈まない?」

「少なくとも、五分後、また敵機が飛来して次のミサイルを発射するなりでもしなければな」

あと、潜水艦から魚雷でも撃たれない限り。ものが魚雷だと、たった一発で沈む危険があった。

「もう少し、台湾に接近しても良かったな。本艦が的になっている隙に、より多くの部隊を発進させられた」と艦長が言い添えた。

「同感ですが、しかし、二万トン級の揚陸艦の損失は痛い」

気が付いたら、ドック型揚陸艦一隻が行方不明になっていた。台湾海軍の新型コルベットと刺し違えたようだが、無線が自由に使えないせいで、状況は良くわからない。護衛役のフリゲイトの報告では、一瞬で沈没したとのことだった。

「この戦争が中国の綺麗な勝利で終われば、軍艦も軍人も無用の長物になる。貴重なのは人材であって、軍艦沈没は未来の繁栄への尊い犠牲だ。それはともかく、博士。君はちょっと臆病な所があるが、天才だ！　党から最高の勲章が貰えるだろう」

「自分の手柄じゃない。事故で亡くなった指導教授の手柄です。彼は、この高分子活性剤を精製中に、それを吸い込み、肺が溺れて亡くなった。私の論文を読み込めばわかることだが、その論文は、あと一〇年二〇年、公開されることはないでしょう。その技術が秘匿され続ける限り。至極残念だ。彼こそ天才だったのに」

「この規模の人工降雨と電磁波障害を次に起こせるとしたらいつだね？」

「この物質は、とにかく取り扱いが難しいし精製も微妙です。兵器級ウランの濃縮程度には手間暇と金が掛かる。二四時間工場を稼働したとしても三ヶ月はかかる。そして、その間には、アメリカは対抗策を編み出してますよ。少なくともレーダー妨害にはもう役に立たないでしょう」

軍用ロボット犬、ケルベロスを搭載した大型ヘリコプター二機が、飛行甲板に現れて、甲板でローターを回し始めた。飛行甲板を監視するモニターにその発進の様子が映っていた。

「こんな風で運搬用のドローンは飛べるのか？」

提督が馬大佐に質した。

「ヘリの機内から一機ずつ発進します。海岸線が見えるぎりぎりの所で飛び出して、たぶん一〇〇〇メートル以内で陸地に達する。風は西風、発進した後は、高度を下げるだけなので、パワーで押せるそうです。北斗衛星の情報を受け取れないので、慣性航法での飛行になります。ケルベロスも慣性航法で移動する。半分はそのまま空港を目指し、残りは、暗くなるまで潜入待機です」

「その変なロボット犬を送り出したら、艦隊をそろそろ下げて下さい。まもなく線状降水帯はエネルギーを失い、太陽が顔を出します」と博士が口を出した。

「あと何分後だ？」

「わかりません。三〇分後ではないと思いますが、一時間後か、二時間後かはなんとも言えません。

何しろ、これは自分が作ったとは言え、自然現象のブーストなので。雲が消えたら、綺麗な青空が戻って来るし、当然、レーダーも回復します」

「戦闘機部隊を待機させる。小型の戦車揚陸艦を囮にして敵を誘い出して叩き墜す」

「うちの空軍は潰滅したんじゃないんですか？」

「いやいや、レーダー・サイトと沿岸部の飛行場を破壊されただけのことだ。立ち直りつつあるよ。軍隊てのはしぶといもんだよ。ロシアにせよウクライナにせよ」

「ロシア？……。われわれはヒール役ですよね。文明社会の規範を踏みにじるロシアと同じ。中国は、世界の憎まれ役だ」

「嘆くことはない。われわれはロシア人と違って働き者の金持ちだ。金持ちというのは、世界のどこでも憎まれ役だ。われわれが日本の土地や高級マンションを買い漁るのは、感謝されるためじゃない。日本は落ちぶれて呆れるほど貧しくなったが、世界から感謝されているか？　デモクラシー社会とかいう連中の価値観は歪んでいる」

　Ｚ‐８大型ヘリが発艦していく。カメラはしばらく自動追尾機能で、徐々に高度を上げていくヘリコプターを追い掛けた。

　一五分後、艦隊は、雷神作戦を大成功と判断し、揚陸作業の中止を全艦隊に命じ、揚陸艦艇は後退を開始した。被弾して黒煙を上げている軍艦は、曳航できるものは曳航せよ、と命じられたが、この荒波での作業は困難だった。

　しかしいずれも旧式艦だったため、乗組員を退艦させての放置と決定した。撃沈はしなかった。その価値もない旧式の揚陸艦ばかりだった。

　そして新竹に上陸を目指した南海艦隊も、一五分遅れて揚陸作業終了の号令を出した。

桃園空港西側の田園地帯で戦車用陣地を構築していた海兵隊兵士らは、現れたのが味方の旧式戦車ではなく、真新しい日本の機動戦闘車(MCV)だったことに驚いた。だが、戦車は戦車に違いない。足回りが、履帯かタイヤかだけの違いだ。機動戦闘車は4×4の八本のタイヤ。砲塔から上は、どこから見ても普通の戦車だ。

〝キドセン〟と親しまれる16式機動戦闘車は、陣地に入ると、直ちに偽装ネットを上から掛けた。砲身と照準センサー、そして、スモーク・ディスチャージャーなど、外に対して露出していなければならない部分だけ、開口部が設けられている。

何か、迷彩柄にしたコピー用紙をくしゃくしゃに丸めて開いた後のような奇妙なカムフラージュ・ネットだった。

前方から、激しい爆発音や交戦音が響いてくる。歩兵同士の激しい殴り合いが起こっていた。流れ弾が時々飛んできて、畑の中で水しぶきを上げ、すぐ隣の町工場の壁に孔を開けていた。

海兵隊兵士たちが、家々の壁伝いに移動し、あるいは歩兵戦闘車の影に隠れて巨大な無線機を抱えて悪戦苦闘していた。

筱喬(シャオチャオ)は、その光景をどこかで見た記憶があった。ウクライナだ……。報道番組の中で、ウクライナの兵士達がそうやって戦っていた。

台湾の戦争はどうなるのだろう。あの侵略のように長引くのだろうか?……。

海兵隊の伍長が、「敵を誘き出すから準備しろ!」と怒鳴っていた。

筱喬がそれを通訳した時には、すでに部下を連れて飛び出していた。

キドセンの車長席から、山崎中隊長が「これ被って車体から離れてて!」とイヤーマフを投げた。

鉄帽を被っている状態でどうやってこんなのを被るんだ？　と思い、筱喬は、上下逆向きに耳に宛てがい、民家のブロック塀の壁を後ずさった。

たぶんこのブロック塀は、何の防弾効果も持たないだろう。自分の貧弱な知識でもそれがわかったから、筱喬は、敵が潜んでくる側からキドセンを挟んで反対側の路上の畑へと降りて腰を屈めた。この戦車は、壁になってくれそうだ。

さっき飛び出したばかりの兵士達がすぐ走って戻ってくる。発砲した様子は無かったが、それで良いのだろう。敵に存在を認知させ、追い掛けさせれば良いのだ。

案の定、車両部隊が耕作地の向こうから出てきた。煙るような靄の中で筱喬には全くわからないが、キドセンの中から怒号が聞こえてくる。キドセンを守る自衛隊の歩兵ら数名が、キドセンと距離を取るように背後へと下がり始めた。大人数が逃げると見せかけて、さらに深追いさせるのだ。

その車両は見えないが、敵のエンジン音はイヤーマフの隙間から聞こえてきた。一台では無かった。二台か三台はいる。

キドセンのハッチが閉まって一呼吸後、一〇五ミリ砲が発射された。筱喬は、一〇メートルも離れていない所にしゃがんでいたので、衝撃波で吹き飛ばされそうになった。慌てて、イヤーマフを押さえた。

キドセンは一発発射すると、アクセルを踏み込んで、グイと前方へと出た。砲塔を左へと振り、装甲車両が対戦車ミサイルを発射する前に、二発発砲してすぐ後ろへ下がった。

向こうが明るくなっている。敵の車体に火が点いて激しく燃え上がっていた。だが、被弾した一両は、黒煙を上げながらもまだ動いていた。タイヤ型の装甲車だ。先頭の履帯付きの隣をのろのろと前に出てくる。八輪式装甲車の砲塔がこちらに向いている。対戦車ミサイルが発射される、ジュッ！　というロケット推進薬点火の音がした。

陸自兵士と台湾軍兵士が、土砂降りの地面に伏せた。対戦車ミサイルは、民家を直撃して爆発した。破片がそこいら中に飛び散って頭上から降って来る。筱喬は、ただ鉄帽の端を握って押さえて耐えるしかなかった。

ガラスや木片が滝のように頭上から降ってきた。来るんじゃなかったと筱喬は後悔した。泣きたい気分だった。国民の義務だと思って何の迷いもなく志願したが、ここは戦場なのだ。

キドセンが一瞬だけ前に出てトドメの一発を撃ち込んだ。

敵の掃討が片付くと、交戦していた海兵隊兵士が向こうからぞろぞろと現れる。

山崎中隊長がハッチを開けて、「ありゃ？」とぼやいた。カムフラージュ・ネットが見事に裂けていた。

「これを被ったまま撃てるっていう話だったけどなぁ……。ま、リペアキットもあるし」

交戦していたのは、大隊長の陳智偉（チェンヂーウェイ）大佐だったが、もちろん筱喬は何者か知らない。

「有り難うございます！　お陰で助かった」と山崎に英語で話しかけた。

「いえ。間に合えば良かったが……」

山崎は車体から降りながら応じて敬礼した。

「そうですねぇ。だいぶ殺られたが……。何両で来ました？」

「MCVは十二両です。他に装輪装甲車に歩兵は乗ってきましたが、こいつは別に対戦車ミサイルとかの装備はありません。うちは極東一貧乏な陸軍なので」

「いや、これとM2があれば十分ですよ。敵は、

大砲付きの水陸両用戦車も何両か陸揚げしています。ジャベリンとかあります？」

「歩兵には、ジャベリン同等性能の国産の携帯式ミサイルがあります。取り扱いは少し慣れが必要ですね」

「何両か下の道に誘(おび)き出したが、主力は隊列を組んで幹線道路を移動してきます。激しい戦いになるが……」

「覚悟の上です。大佐殿は、あのアイアン・フォースの指揮官でいらっしゃいますか？」

「そう。東沙島では、日本の潜水艦に助けてもらった」

「お目に掛かれて光栄です！　まさに歴戦の勇士だ」

「ここまでどうにか生き残ってきたが……。一時間後はわからない。早速移動しよう。ドローンが飛べないことを前提に、罠を張りたい場所がいくつかある」

「お願いします！」

　大佐は、それから通訳の筱喬を捕まえて、立ち木の下に移動した。少しは雨が楽になった。彼らはどういう部隊で、どうしてここにいるのかを聞いた。

「……では、敵が上陸しているという確たる情報も無く自衛隊は台北を出たのか？　凄いな。兵貴神速のお手本だ。迫撃砲部隊とか見た？」

「はい。八一ミリ、一二〇ミリ部隊もいます。少し遅れて出たようですが、そろそろ空港に到着するはずです」

「君、臨時の少尉だよね？　八一ミリと一二〇ミリの区別が付くの？」

「いえ。お暇な時に、皆さんが、大砲の違いを説明して下さっただけです」

「これで時間稼ぎが出来るかも知れない！　敵は

野砲は持ち込めなかったはずだから。ドローンさえ飛ばせれば、着弾修正も簡単なんだが、観測兵と無線でなんとかするしかないか。すぐ手配しないと」

「でも隊長さんが仰ったところでは、連隊と言っても、うちの海兵一個大隊ほどの人員もいないかも知れないとかで……」

「いやいや！　とんでもない。まだ戦闘疲れもないまっさらな部隊だ。貢献してくれるさ。少なくとも、台北から増援が出るまでは時間稼ぎが出来る」

「その増援、出そうにないですよね……。みんな台北の守備固めに必死で」

「それは悩みの種だね。軍人でも無いのに、危険を冒してもらって済まない。だがここは危険だ。空港に戻った方が良いな」

「はい。必要な所に行きます」


陳大佐は、作戦参謀の黄(ホアン)中佐と情報参謀の呉(ウー)少佐を呼び、路上でタブレット端末の空撮写真を表示させた。雨粒が激しくモニターを叩いて酷く見辛かった。

「電子レンジで解凍したみたいな急造作戦になるが、空港西側のここと、北側のここにＭＣＶを展開してもらおう。キルゾーンをここと……、北側はここに設ける。で、歩兵は西側滑走路の外周道路沿い。敵が突破を図った時に備えて。迫撃砲部隊は、エプロンに。視界を遮るものがなく、無線が使えなくとも、ある程度の着弾修正が出来る」

「良いですね！　これで行きましょう」と作戦参謀が即答した。

「呉少佐。王一傑(ワンイージェ)少尉はまだ無事か？」

「最後に声掛けした時はぴんしゃんしてました」

「では、この辺りだ……。無線機を何セットか持たせて観測兵兼斥候として彼の部隊を潜ませろ。

私は、指揮所へと戻った後、北側の配置を指揮する。作戦参謀は、西側の阻止線を指揮してくれ。たぶん、しばらく時間稼ぎが必要になる。敵はまだ、こちらに新手の増援が現れたことに気付いていないことに賭けよう！　傭兵部隊やケルベロスもまた出てくることだろう。自衛隊さん、あのロボット犬に驚かなきゃ良いがな……」

　大佐と少佐は、お互い電動バイクに乗って去った。

　そして、作戦参謀の黄中佐は、自分のタブレット端末を持って、キドセンの後ろに現れた96式装輪装甲車のキャビンに乗り込んだ。

　そこで山崎に、作戦を説明した。

「……良い場所だと思いますね。広い溜池があちこちあり要害となり、突っ走れる道路は限られる。適度に工場があり、歩兵も潜みやすい。問題点を指摘するなら、われわれが地理を把握する時間が足りない」

「同意します。しかしそれは、敵もたぶん同じでしょう。ドローンがいなければ、自衛隊の登場はしばらく秘匿できます。それが勝利の鍵になる」

「了解です。MCVを配置する場所を、部下と検討します。ほんの数分時間を下さい」

　黄中佐は、端末の写真をズームさせながら、キルゾーンの手前で、指揮所を設営する場所を探した。

　筱喬が、「私はどの部隊に同行すれば良いですか？」と聞いてきた。

「貴方、勇気があるねぇ！　アマゾネス部隊でしょう？　どうしても前線に留まりたいなら、私と一緒にいてくれ。たぶん、通訳はいるに越したことは無い」

　筱喬は、ほっとした。誰か一緒なら、この恐怖も克服できる。父は、いつもこんなクリティカルな日常を送っていたのだろうか？　自分は、そんな父親の仕事を何一つ理解することなく大人になってしまったのだな、と後悔した。

田口は、エヴォリス軽機関銃を他人のそれと交換して撃ちまくっていた。ほんの三〇分、撃ち続けた奴は銃身が駄目になり、弾が少しばらつくようになった。それは普通の兵隊では絶対に気付かない現象だったが、狙撃兵の田口としては許せなかった。

もちろん、銃の部品でも、銃身はただの消耗品だ。交換前提で設計されている。

エヴォリスを上手く使っている兵隊を三名選抜して、行動を共にさせることにした。アモ・ボックス交換の時間を稼ぐためだ。

彼らはセンスも度胸も良い。きっとこいつらは、戦争が終わっても台湾軍の正規兵として引き留められ、特殊部隊にスカウトされるだろうと思った。結局のところ、センスや度胸の善し悪しは、戦場に出てみなければわからないのだ。

そして、戦争なんて滅多に起きない。軍隊では、本当は誰に素養があって誰に無いか気付かないまま、皆娑婆に戻って行く。それで良いのだろう。

それにしても、ここは過酷な戦場だった。軽戦車とは言え、戦車は戦車だ。それが砲塔を左右に振りながら進んでくる。

ここでは、エヴォリスを構える兵士が囮となって戦車の砲塔を自分たちに向けさせた隙に、側面からジャベリンを持つサイレント・コアのコマンドが狙い澄まして引き金を撃っては撃破することの繰り返しだった。

問題は、ジャベリンの照準はともかく、ミサイルの発射から命中まではタイムラグがあることだ。

実際はほんの数秒に過ぎないが、時々、永遠に思えることがある。そして、現に、戦車が撃ってくることだった。狙いも定めずに撃ってくることがある。ひとまず、こちらを黙らせるために。そういう時こそ、意外に当たるものだ。それで、胴体が腰の辺りで真っ二つにされた兵隊がいた。戦場での死に方としては最悪な部類だ。

内臓が地面にぶちまけられる。だがこれが、なんと綺麗なのだ。普段ならそこいら中に血しぶきが飛び散るが、叩きつけるような雨が一瞬で血を洗い流していく。そこに残されるのは、まるで人体標本のような綺麗な内臓と肉片だった。

さらに、ジャベリンが命中したはずの戦車が、動き続けることだった。ウクライナで初めて、カメラの前で対戦車ミサイルが飛び交うようになり、ミサイルが命中したにもかかわらず、動き続ける戦車の映像が何本も公開された。時には、ミサイルを二発三発喰らっても動き続ける戦車もいた。戦場はそういう所だ。当たり所の善し悪しで生死が決まる。

そして、戦車には必ず歩兵が随伴している。彼らがこうして戦車を煽っているのは、敵の歩兵を確実に潰すためだった。歩兵の随伴が無ければ、戦車の前進も止まる。それが、ウクライナ戦争の最大の教訓だ。

あの広大な大地で、歩兵は下車戦闘を嫌がり、視界の悪い戦車が、車列を作って対戦車ミサイルが待ち構える林の中へと進んでいった。世界中の軍隊が、やっては行けないことを学んだ。とりわけ解放軍は。

装甲車や戦車から歩兵を引き剝がして弾幕を浴びせて全滅させるのだ。敵を削りつつ足止めし、あわよくば戦車も潰す、一石三鳥の作戦だったが、犠牲は大きかった。すでに三名が死亡。十数名が負傷していた。ポンチョは皆、銃弾が掠めて孔だらけだ。

　それでも、効果は出ていた。敵は新竹駅近くまで前進した所で、身動きが取れなくなった。幹線道路を諦め、細くて視界も悪い側道へ降りるしかなくなる。歩兵が散開したそばから、周囲に配置した味方でプレスして潰すのだ。

　敵の先鋒が止まり、進撃を諦めて歩兵が周囲のビルに立て籠もり始めた。これで夕方まで押さえ込めば、夜間の進撃も自然と止まるだろう。

　際どい作戦で、犠牲も大きかったが、エヴォリスでどうにか抑え込みに成功していた。いったん軽機関銃の引き金が引かれると、解放軍兵士は応戦する所ではなくなる。装甲車が反撃しようと前に出てくると、たちまち対戦車ロケット弾のAT-4CSやジャベリンの餌食になった。

　だが、無茶な突撃や前進を止めた敵は、別の手に打って出てきた。迫撃砲で道路周辺を狙ってこちらを抑えに掛かってきた。

　82ミリ迫撃砲弾が空から降ってくるようになった。迂闊に路上に出られなくなった。そこでまた敵の進撃が開始された。

　田口らは、新竹駅南側の南大路（ナンダイルー）沿いに面したレストランの中にいた。玄関からその中に武器弾薬を満載したリヤカーを入れるのに苦労した。

「この大砲はどこから撃って来てるんですか？」

と崔超（ツイチャオ）一等兵がぼやいた。

「たぶん、空軍基地からだろう。だが大砲じゃ無い」

と田口が教えた。

「じゃあ、基地から遠ざかれば安全なわけですよね？」

「そうだな。82ミリだから、もう二キロも戻れば安全になる」

「ファームが連れている中隊の脱出路を確保しないと」

　ＧＭ６リンクスを手入れする比嘉がぼやいた。

「ああ、どうかな……。北からも車両部隊が迫っている。俺たちは南北から挟まれている。脱出路は東のみだ。正直、自分たちの面倒を見るだけで精一杯だぞ。最低でも三〇〇名かそこいら脱出させなきゃならない。無線もまともに繋がらないのに。しかも安全な所は無い。敵は車両で追い掛けてくる。どこまで脱出できれば安全なのかわからん。たぶん、宝山に入って、戦車が登ってこられない山中に逃げ込むのが一番手っ取り早いだろうが、そこは俺たちがさっき追い出した敵が待ち構えている」

「頭前渓沿いに北上して中央山脈側の山の中に入るのはどうですか？」

　と賀翔（ホーシアン）一等兵が提案した。

「それが出来れば一番確実だ。だが問題がある。最短ルートを取ったとして、敵に背中を見せて、ここから一〇キロは川縁を移動することになる。いくらこの雨で視程は悪いとは言え、必ず車両部隊に追い付かれる。俺が敵の指揮官なら、むしろ先回りして退路を断つな。包囲殲滅戦が始まって、たぶん夕暮れ前には全滅だぞ……」

　迫撃砲弾の炸裂が続いていた。着弾修正もまともに出来ないはずだが、砲弾が豊富なことを見せつけたいのだろう。このレストランの窓もごく最近割られていた。雨風が容赦無く吹き込んでくる。

　路上には数十メートル置きに砲弾の炸裂痕が出来ていた。自分たちだけならどうにか脱出できるが、台湾兵までとなると、ほぼ絶望的だと田口は思った。

　ガルこと待田一曹は、指揮車〝ベス〟の中で、指揮コンソールで空撮画像を拡大縮小しながら、大隊全体の脱出ルートを探っていた。この雨を利用することで、短時間、敵の目を欺いて脱出できるルートを探していたが、タイム・リミットが迫りつつあった。北からの車両部隊が、北新竹駅に迫ろうとしていた。

二〇分以内に脱出を始め、かつその車両部隊をしばらく足止めしなければ、脱出は絶望的になる。歩兵だけの部隊が孤立する。

「脱出は無理だわ。諦めましょう」

と司馬が背後から告げた。

「ではどうしましょう」

「立て籠もるしかないわね。新竹中心のビル街よ。立て籠もるビルは山ほどある。立て籠もり、時間を稼いで日没を待つ」

「暗くなったからと言って有利にはなりませんよ。台湾兵には暗視ゴーグルもないんですから。敵はたぶん夜通し撃って来ます」

「今から脱出しても、酷い犠牲を払う羽目になるわ……」

「ひとつ、思い着いたのですが、いややっぱり駄目だ……。北へ走り、頭前渓橋を確保して渡河。橋を確保しつつ、部隊を川の北岸へと退避させる。けど、頭前渓橋の南北に掛かる橋を敵が確保して、そこから七面鳥撃ちしてくるだろうから、脱出は無理だ。とにかく、こちら側に戦車がいないのは決定的ですね。ヘルファイアもＡＴ‐４ＣＳも、この数を潰せるほどは持参していない」

「戦車なんて時代遅れなんでしょう？」

「はい。もう時代遅れだ。でも防御には適さないが、敵の防御網を突破しつつ侵攻する時には役に立つ。バヨネットと戦車は使いようです」

「それを言うなら、バヨネットは、使い手を選ぶということよ」

スピーカーモードにした広帯域多目的無線機(コータム)が奇妙な放電音を発していた。かなり遠くからの無線だ。いや遠くからではない。遠くはないが、この空中環境で障害が起こっているのだ。暗号通信ではなく、肉声で誰かが呼びかけている。

待田はボリュームを少し上げてみた。聴き馴れた声だった。リベットの声だった。

インカムを繋いで「こちらガル！　受信感度(メリット)ワンからツー！　応答せよ……」

「ああ！　良かった。こちらリベット。今代わる……」

「どこから話しているのよ？」と司馬が訝(いぶか)しんだ。

「ああ、ガル。済まん！　遅くなった。……の展開完了を待っていた」

土門が出ていた。だが良く聴き取れない。

「何の展開ですか！」

「……砲だ！　野砲だ！　新竹県の九割を射程圏内に捉えている。攻撃座標が欲しいが、着弾修正の術がない。オクレ！」

「ああ、神様仏様だ……」

ガルは、コンソールに向かって両手で拝んだ。

「こちらガル、着弾修正は可能！　新竹空軍基地に、敵迫撃砲部隊が展開！　マーカーを一発発射されたし！　オクレ」

「了解した」

「近くにいるんですか？　戦車は？　ルートはどこを？　オクレ！」

「全て、お前が指示しそうな状況にある。ルートを含めてだ！　今、しばらく持ち堪えよ。オクレ」

「了解！　了解！　オーバー！――」

やったー！　と待田は小さくガッツポーズを取った。空軍基地近くで持久するファームこと畑曹長に、着弾修正の要請を伝えた。三分後、19式装輪自走一五五ミリ榴弾砲の一斉砲撃が開始された。

連続した腹に響くような着弾音が、一〇キロは離れたここまで聞こえてくる。心地良い砲声だった。

「戦力は互角かしら？」

「さあ。でも向こうに野砲はないし、敵は軽戦車。こっちの戦車の方が、少しだけ重いし、向こうは一〇五ミリ・ライフル砲。こちらは一二〇ミリ滑腔砲です。威力が違う。撃ち合いになればワンサイド・ゲームですよ。戦車部隊が脱落せずに、二時間でここまで来たとしたらたいしたもんだ」

　事実として、彼らはその一〇〇キロを二時間で走り切っていた。


　西武方面戦車隊を率いる舟木一徹一佐が車長として指揮する10式戦車は、茄冬景観(ジアドンジングアン)大道の高架道を北へと疾走していた。五キロ手前から、ほぼ先頭を走っている。前を走るのは、姜三佐と黄(ファン)中尉が乗り込むブッシュマスター指揮車両一台だけだった。

　山岳部が終わると、新竹のモダンな都市が雨に煙って幻想的な雰囲気を出していた。車高がある戦車の車長席からは、左右の防音壁越しに眼下の道路状況も見える。中華路四段と交差した時は、左手に炎上した車列の残骸が見えた。明らかに武装ヘリからの攻撃だった。

　車長席から身を乗り出して、無人の高速を走るのは気分が良かった。

「よし！　もう直ぐ地面に降りるぞ、全車警戒を怠るな！」

　客雅渓(クーヤーシー)手前で右折するつもりだったが、前方を走っていたブッシュマスター装甲車が、突然ハンドルを切って側道のコンクリブロックを乗り越えて公園へと突っ込んだ。

　何事か？　と正面が拓けた瞬間、舟木は泡を食った。戦車だ！　それも軽戦車ではない、主力の一二五ミリ滑腔砲搭載の99Ａ式戦車だった。

川に沿って水煙を立てつつ東へと走っていた。その敵戦車が急制動を掛けてバックしてくる。

「なんだこの機動性の良さは！」

主砲がこちらに向こうとしていた。相対距離はほんの三〇〇メートルしかない。だが、初手を取ったのは、正面に敵戦車の側面を捉えていた10式だった。装弾筒付翼安定徹甲弾（ＡＰＦＳＤＳ）が発射され、敵戦車の側面を貫いた。パッ！　と小さな炎が見えただけだったが、敵戦車はそのまま後退し続け、やがて動かなくなった。

「ヨッシャー！　次来るぞ！　警戒警戒！――、動画撮ったか？　撮ったか！　俺が五〇インチ・モニターを背負って財務省に乗り込んで、戦車は要らんなどと抜かす小役人どもに、戦車の戦いを見せてやる！」

川沿い道路に出た途端、左手から走ってきた敵の装輪装甲車が、ハンドル操作を誤って水面へとジャンプして行った。向こうも、敵戦車が現れるなんて想定してなかったのだろう。

砲塔を右へと振ると、こちらに気付かないまま走り去っていく99Ａ式戦車がケツを見せている。背後からＡＰＦＳＤＳ弾でぶっ刺してやった。巨大な爆風が発生し、砲塔が二〇メートルほど上空に吹き飛んだ。いわゆるジャックインボックス効果、びっくり箱現象と呼ばれる爆発だった。

背後からブッシュマスターが追いかけて来る。姜三佐はルーフから身を乗り出して、「右です！　隊長、一本右の車線に戻って下さい！」と告げた。

この川沿いの道は確かに細かった。だが、戦車が有用である証拠はすでに二件積み上がった。まだまだ行けるぞ。窮地に陥った味方部隊は、戦車によってこそ救われるのだ！

背後に続く戦車部隊がいったん立ち止まり、後続のＡＡＶ７に乗っていた水機団の歩兵が散開し始めた。

疾走モードは終わり。ここからは人馬一体の制圧作戦だった。


新竹から四〇キロ北の桃園空港では、第三即機連を率いる堤宗道一佐が、アイアン・フォースの指揮所に顔を出していた。

相手の陳大佐は歴戦の勇士だ。気後れする感じがしてならなかった。キル・ゾーンを作るための作業が続いていた。

テーブルの上に広げられた手書きの地図に、配置する戦車の射界が細かく描き込まれていく。

「まず、素早い行動に感謝します！　大佐」と陳大佐は、堤の両手を握って謝意を表した。

「間に合ったかどうかはまだわからない。それに大佐の部隊は、今も犠牲を払って敵部隊を足止めしている。作業を急ぎましょう！」

敵を足止めするために、軽ＭＡＴを持った歩兵を前線に向かわせていた。この辺りに潜んでいる空挺の残存兵によって、すでに陸自の到着は報されているはずだ。明らかに上陸部隊の速度は落ちていた。

駆けつけたのが戦車ではなく戦車擬きだと気付いた時、敵はどう出るだろうかと堤は思った。

雨の中、迫撃砲部隊の布陣を急がせた。敵の迫撃砲部隊との撃ち合いにも備えなければならない。仕事は山積みだったが、この日のために厳しい訓練を積んできた。部下達が全員、てきぱきと仕事をこなしさえすれば、この戦線を支えて空港を守り切れるはずだった。

王少尉は、部隊を連れて空港近くへと戻ってきていた。空港南側を走る民生路(ミンシェンルー)沿いの巨大物流倉庫の軒先にいた。この辺りは、空港を当て込んだ巨大な物流倉庫が整然と建ち並んでいる。

　作戦参謀の黄俊男（ジュンナン）中佐がてきぱきと指示を下していた。

「キル・チェーンを、海岸線からこっちへ引っ張ってくる。この西側がキル・ゾーンだ。自衛隊のＭＣＶを民生路の両側に潜ませて警戒しつつ、本命は迫撃砲で歩兵や装甲車を潰しまくり、生き延びて前進してくる車両はＭＣＶで撃破。君の部隊は、可能な限り端っこに出て着弾修正するが、ここには高い建物は限られるし、屋根に登る必要はない。だいたいの見当で良い。まず無線が確実に通じることが大事だ。危険を察知したら引き返せ。まだ空挺の残存部隊もあちこち潜んでいるからな」

「歩兵として戦う必要はないのですね？」

「うーん、そこはどうかな。自衛隊の歩兵はまだ敵に慣れてないだろう。彼らを歩兵戦に巻き込んで良いものかどうか……。状況次第ということにしてくれ。ただし、後退を強いられる時は、必ず自衛隊の背後に付いてくれよ？」

「当然ですね。雨が少し、弱まって来た感じがしませんか？」

「そうだな。そんな感じがしないでもないな……。まだ敵の数の方が多い。勝てると決まったわけじゃない。だが、数を減らし続ければ、展望も開けるだろう」

　王少尉は、山崎三佐のタブレット端末を借りて、観測要員兼斥候の配置場所を決めた。

　王には、そのＭＣＶが普通の戦車とどこが違うのかさっぱりわからなかった。頼もしい存在であることだけははっきりとわかる。きっとこれで何とかなるだろうと安心感がわいてきた。

第七章　風の神

台北市から東へ三六〇キロの下地島空港も、午前中から酷い雨に見舞われていた。台湾本島ほどの豪雨ではなかったが、ここも線状降水帯の直撃を受けていた。

基地としての運用に支障を来すほどで、降りてきた戦闘機のキャノピーも開けっ放しに出来ない。整備もまともに出来ない、着陸も危険と判断され、同時に解放軍戦闘機部隊の動きも鈍いということで、午前中に、一時的な作戦中断、パイロット・クルーは天候回復まで寝ろ！　ということになった。

そして、花蓮空軍基地からも、万一に備えて、F‐16V戦闘機一個飛行隊が避難して来た。台湾各地の復旧しつつある軍用滑走路から、数多の軍用機が再び南西諸島のあちこちの飛行場に避難していた。

隊員らは、雨を凌げるターミナルビルの床にエアマットを敷いて寝ていたが、起こされた時も外はまだざんざ降り状況だった。ブリーフィング・ルームとして使っているエアドーム・テントまで移動するにも、ずぶ濡れは避けられない。

ターミナルの中央部分に、再びホワイトボードやスクリーンが設けられ、第三〇七臨時飛行隊隊長の日高正章（ひだかまさあき）二佐が、飛行服の上から雨合羽を羽織った状態でホワイトボードの前に立っていた。

雨合羽から滴がポタポタと落ちてくる。エアドーム・テントで雨漏りがあり、漏電が発生、火は出なかったものの、電力の復旧にしばらく時間が掛かりそうで、あっちは使えそうに無い、とぼやいていた。パイロットたちが、ある者は顔を洗い、トイレを済ませ、あるいは髭を剃って三々五々現れる。

正副パイロット用の長卓とパイプ椅子が並べてあった。後席パイロットは、原則として米空軍もしくは州空軍のパイロットだ。日高は、四〇名余りのパイロットを前にして、英語で話し始めた。

「みんな、段ボールに入っている、眠気覚ましドリンクでも飲んでくれ。まず、メモを取る必要の無い事実から話す。第一に、われわれを悩ませているこの謎の雲の正体はわかっていない。依然としてこの雲の中のことは何も見えない。ブラックホール状態だ。レーダーは全周波数にわたって無効化されるし、無線もほとんど通じない。洋上にいる敵味方の軍艦の存否も不明なら、陸上がどんな戦いになっているのかも全くわからない。そんな中で、いくつかわかったことがある。

海自の哨戒機部隊や、台湾の航空部隊が雲の中から反復攻撃を繰り返し、敵の艦艇をかなり沈めたものと思われる。台湾海軍の高速艦船も、それなりの結果を出したらしいが、台湾沖航空戦の苦い歴史もあるので、今は戦果の積み上げはしないそうだ。そもそもそれどころでも無い。第二に、地上での戦いだ。地上部隊では、コータムが辛うじて時々繋がるという程度で、これも確たる情報はない。当初は、そもそも解放軍の第3梯団は、上陸に成功したのか否か？　という情報すら無かった。だが、F‐35戦闘機部隊を、戦術偵察機として運用することで、ある程度の情報が得られるようになった。敵味方の地上部隊が激しく殴り合っている桃園と新竹上空に、雲の中から降り、瞬時に地表の様子を撮影してすっと雲海へと上がる。それを繰り返すことで、かなり広範囲なエリアの航空写真が出来上がる。データは雲の上に出た時に衛星へとアップロードされ、本土のどこかの施設で解析され、得られた情報がわれわれにフィードバックされる。残念だが、現場地上部隊にその情報を伝えることに苦労しているのが現状らしい。

で、ひとつ言い忘れたが、この人工降雨をもたらした物質はそもそも何なのか？　雲の中の電磁波状況を悪化させている物理現象は何なのか？　全くわかっていない。アメリカからの情報では、恐らくは、われわれが危惧するほどの未来技術ではない。巨大な水分を大気が抱えたこと、既存のチャフの大量散布、そして何か、レーダー吸収性のある物質の拡散によってもたらされた相乗現象だろうと。われわれが危惧することは、この現象は今後とも続くのか？　中国はまたいつでも、戦場全体をステルス化できるのか？　断定はできないが、それはノーだろうと。今朝の台湾海峡は、そもそも燃料が満ちていた。ライターで着火すれば、一瞬でドーム球場が燃え上がるほどの大気状況だった。

しかし、いつかは燃料も尽きる――」

気象班員が、ホワイトボードの右側に、最新の気象衛星写真を、左側に天気図を貼った。

「この衛星写真をどうやってここで受信したかというとな、もちろん直接衛星から受信はできない。無理だ。この雨のせいで、携帯も繋がらない。ただし固定電話網に這わせた回線のインターネットは生きているので、その回線で受信した。ご覧の通り、大陸沿岸部から、沖縄本島に至るまで真っ白だ。だが、沖縄北部は晴れている。ちなみに、那覇基地を離着陸する航空機は、ＡＷＡＣＳとまず通信し、ＡＷＡＣＳが、総隊司令部へと衛星通信で中継。総隊司令部から、地上回線を使って、機体が降りて来ることを那覇基地へと伝えているそうだ。われわれも同じ手法を採る。

次に、天気図だが、この線状降水帯は、エネルギーのほとんどを燃やし尽くし、ようやく消えようとしている。台湾海峡は、西の方から徐々に晴れて来る。おそらく無線もレーダーも回復することだろう。西から回復するということは、解放軍が先に天候の回復を利用出来るということだ。彼らはすぐ戦闘機を飛ばし始めるだろう。たとえ眼下が見えずとも、台湾本島に殺到して、雲の上から爆弾を落とし始めるはずだ。われわれはそれを阻止し、敵の航空戦力を更に減らす。

ただし、雲の中に隠れることは勧めない。とにかく荒れ狂う雲だ。機体がバラバラになるかも知れないし、空間識失調の危険も増すだろう。同じ理由で、中央山脈の東側に潜むことも今回は止める。高度喪失に気付かず、山肌に激突する羽目になる。それで、今回は、われわれはどちらかと言えば囮役だ。敵の戦闘機部隊を海峡上空で待ち構えて、仕掛けてくる敵部隊を、側面からＦ‐35部隊が叩き墜す。あるいは、われわれがそこにいることで、そもそも敵部隊を近づけさせない。不安要因は、言うまでもない。敵のデュアルバンド・レーダー搭載の空警機と、この三週間、ようやく実戦に間に合ったＪ‐35戦闘機だ。あれは、まあ見え辛い。こっちのＥ‐２Ｄには見えているがな」

皆が、不満そうな顔をするのがわかった。

「君ら本当に態度が顔に出るな……。そんな任務なら既存の戦闘機でも出来るだろうという不満をお持ちの諸君のために、少しアイディアを出した。

雨雲がさっさと晴れてくれた時に備えて、いつものようにストーム・ブレーカー爆弾を搭載した戦爆モードで飛んでもらうが、洋上を退避中の敵艦船を攻撃するために、古いながらもマーベリック誘導ミサイルも装備してもらう。レーダーやGPSが使える使えないに左右されない。雲の下へ降りて、もし敵艦船がいたら撃って構わない。敵戦闘機部隊が出て来ないとなったら、海面上に降りて敵艦船を攻撃する。

つまりこういうことだ。われわれは囮として出撃するが、敵はこちらの戦法に懲りて近づかないだろう。ところが、われわれが海面上に降りて艦船を攻撃するそぶりを見せたなら、それを阻止するために前方展開せざるを得ない。そういう二段構えの作戦だ。これは、ついでの作戦ではない。第4梯団の編成を阻止するための作戦でもある。海自哨戒機部隊、台湾空軍も参加する。作戦名はギリシャ神話の風の神から取った〝イオロス作戦〟と名付けられた。

では、新庄一尉、質問は何だ？」

日高は、話の途中でほんの一瞬、首を傾げた新庄を指名した。

「雲の下に降りる降りないの判断はいつ、誰が下すのですか？」

「オーマイガッタ！　だね。まさにそれが問題だ。今の時点でも、雲の厚さは七〇〇〇メートル近い。そして、電波高度計もレーザー高度計も使えない。使えるのは、慣性航法装置と、気圧高度計のみだ。こういう天候では、誤差修正して離陸しても、かなりずれが生じる。その厚さのミルクをぶちまけたような幻惑する空間を、無事に降りて高度一五〇〇フィートで海面が見えたとしよう。そこに敵艦隊はまだいるのか？　あの雲の中をエンジン・ストールの危険を冒しながらあがったり下がったりするのは、本当に危険だ。台湾空軍にも私は勧めない。できれば、P‐1哨戒機のような四発機だけでやってもらいたいものだが、結論を言えば、空域を分けて降下を実行してもらう。海自哨戒機は、戦闘空域の北側を。台湾空軍機は、砂浜に留まる上陸部隊への攻撃も含めて、海岸線寄りを担当する。そしてわれわれは一番危険な、南西海域だ。そして肝心の、海面へ降下するタイミングは誰が判断するのか？　慣性航法装置に、各機が雲の下へと降りるコースとタイミングが前もって入力される。それで編隊同士の空中衝突も防ぐ。そのフライト・プランから逸れるな。でないと他機とぶつかる危険がある。もし大量の獲物を発見したら、雲の上に出て報告せよ。近くにまだマーベリックを抱いた味方機がいたら攻撃を代行させる。何しろ艦船の速度は知れている。それなりの戦果になるだろう。われわれが先んじれば、第3梯団援護で出撃して来た解放軍艦隊を全滅させられるはずだ。では諸君、東風(こちかぜ)を吹かせてやれ！――」

コクピットに落ちた水滴を拭き取るために、分厚い雑巾二枚が支給された。フライトプランが入ったデータを受け取る行列に並びながら、新庄一尉は、後席のエルシー・チャン少佐に、「これ、複雑な任務ですよね？」と聞いた。

「そう思うわ。だって、雲の中に入ったら、GPSも無線も使えないんですから」

「私、ちょっと考えてみたんです。そのフライトプランに沿って飛び、フライトプランに沿って雲の下に降りて、敵艦を探し、たぶん撃ってはこない前提でミサイルを発射し、また雲の上に出て……、これって、無人機でも出来ますよね？　いうほど複雑ですか？」

「ああ、それねぇ……。確かにそう思うことはあるわよね。航法援助システムを頼れないからと言って、パイロットの技量が求められるわけでもない。そういう場合でも、現代のナビゲーション・システムは、人間に依存せずに任務をやり遂げる能力と機能を備えている。貴方がこの後、二〇年パイロットとして仕事するとしたら、どの時点で、無人戦闘機と主役交代させられるかよね？……」

「危険を冒して飛んでいるんです。自分で支配しているという浪漫がなくなったら、われわれはもうパイロットじゃなく、ただのシステム管理者でしょう。どこかの会社の巨大なサーバー・ルームで、システムの安定稼働を見守り続ける仕事と変わりない。見栄を張ってGスーツを着る必要も無い。左脇にパソコン、右手にマグカップでも持ってコクピットに向かえば良い。普段着でね」

「近い内にそうなるでしょうね。ウクライナでは、あちらの空軍戦闘機用に、数多の誘導爆弾が提供された。ロシア系の戦闘機に、どうやってアメリカ製の誘導爆弾を使えるように適合させたのか皆疑問を抱いた。コネクタから何から全部違うのに。でも実は簡単だった。個々の誘導爆弾が、ブルートゥースの無線ユニットで、パイロットが持つタブレット端末と繋がっていたから、プラットホームになる戦闘機の機種とかどうでも良かった。しかもそのデバイス、実は北米の軍基地やメーカーとネットで繋がれ、攻撃に必要な座標データ他、地球の裏側からインプットされていたのよ。パイロットは、ただその爆弾を運んだだけ。この世界はもうそこまで進んでいる。われわれが乗り込むのが戦闘機である必要もなくなる。戦闘機パイロットは、いずれ全員が、ただの兵装システム担当士官と呼ばれるようになるわね。そのＷＳＯすら実は要らないけれど。でも、それは時代の変化よ。旅客機だって、離着陸するのにパイロットの神業は必要なくなったんですから。われわれの空しさを置き去りにして、技術は進化していくのよ」

　ターミナルの車寄せにマイクロ・バスが何台も止まっていた。パイロットらはそれに乗り込んでエプロンへと移動した。

　エプロンへ出ると、空港すぐ外の岩礁地帯に白波が打ち付けているのが見えた。だが、滑走路の端までは見通せない。白く煙っている。離陸は出来ても、着陸は神経を使いそうだった。


　上海国際警備公司（S・I・S）を率いて空挺降下して来た王（ワン）凱（カイ）陸軍中佐は、ポンチョの庇の下でカールツァイスの単眼鏡を覗いた。

　台湾軍とは違う柄のポンチョを羽織った兵士が、ＭＣＶの周囲を走り回っていた。

「見張りの報告では、一二両が、通過したそうです」

　と副隊長の火駿（フォジン）少佐が報告した。

「車高は低いよね。底面はたぶんV字形でもない。仕掛け爆弾（IED）対策の設計じゃ無さそうだ」

「日本国内でわれわれを迎え撃つ分には、ＩＥＤ対策は不要ということでしょう。うちのもほとんどそうですよね。中東で戦争なんかしないから」

「キル・ゾーンを設定するには良い場所だ。侵攻部隊は、どうしてもあそこを通りたくなるから……。でもあのＭＣＶ、うちの89ミリ・ロケット・ランチャーで抜けそうだぞ？」

「撃ち込む前に撃たれますよ。自分はご免です。あんなのと撃ち合うのは。しかも、彼らも素人じゃない。周囲は歩兵で固められている」

　藪の中に潜む彼らの背後で人の気配がした。劉（リウ）龍（ロン）曹長が、ゆっくりと草木を掻き分けて現れた。

「ケルベロス二〇体、受領しました」

「了解した。その後、上陸はあったのか？」

「いえ。海岸の斥候の報告は、二〇分前が最後でした。エア・クッション艇も戦車揚陸艦も全て引き揚げたかと。この雲が晴れる前に艦隊を撤退させたのでしょう」

「私が予告した通り、第３梯団は来ただろう？　新竹にも上陸しているだろうことを考えると、規模としてはこんなものだろうな」

「ここで助けなくとも大丈夫なのですか？」と少佐が尋ねた。

「姚彦（ヤオイエン）少将の到着を待つ」

「しかし、もう部隊が撤退したとなると……」

「必ず来る！　彼はそういう男だし、また今度も私の予言は当たるぞ？　連中にはケルベロスも加勢するし、自衛隊はまだケルベロスの恐ろしさを知らない。それなりに翻弄できるだろうよ。味方の歩兵部隊がどの程度の練度か、せめて、対戦車ミサイルをわれわれに使わせてくれるなら、それなりの仕事はしてみせたが……。この辺りだけで、五千から七千の兵は上陸に成功したはずだ。空挺残存部隊とも接触できたはずだが、部隊を纏めて敵の防御線を突破するには時間が足りなかったか……。それとも敵が頑健過ぎるのか、どうもよくわからんな……」

　上空を戦闘機が横切り、爆音が轟いた。爆音が轟いた時には、もう戦闘機は飛び去った後だ。そしてしばらくして、海岸から爆弾が炸裂する音が響いてくる。散発的だったが、その爆音は止むことは無かった。

「ここの敵には野砲も戦車もいませんでしたが、空からの攻撃はひっきりなしでした。海岸線ぎりぎりまで接近した海軍部隊からの砲撃もあり……」

　火少佐が、恨めしそうに空を見上げながら言った。

「要は、これは、酷い敵前上陸となったわけだな。功を焦って首都の近くに上陸したのが拙かったか」

「いかにもここは、寡兵で占領できそうに見えました」

王は、その言葉に衝撃を受けた。

「われわれのせいなのか？……。そういう報告を送り続けた。解放軍の戦いは優勢、敵は少年兵と老兵の寄せ集めで、あと僅かの部隊があれば攻略できると報告を送り続けた、私のせいなのか？」

「他にも評価の情報はあったはずです。民間軍事会社の責任にされるようなことはないでしょう。それに、昨夜は本当にあと一歩でした。敵海兵隊の増援がほんの十五分、遅れていれば、われわれはターミナルの占領に成功していた。だが、敵には運があった」

「われわれには運が無かったか……。状況を見よう。味方が突破できそうなら加勢する。そうでなければ、将軍の到着を待つ」

「はい。戦場の霧の中では、何が賢明な選択だったかは、容易にはわからないものです。われわれは契約を請け負ったが、しかし攻撃の主力となれるほどの戦力は最初からありませんでした」

「済まん、少佐。お互い負け戦を前提に話している。弱気はよそう。われわれは今、戦術を話し合っていたのだ。劉曹長も、そういう理解で良いな？」

「自分にも言わせて下さい！　隊長」

と曹長は珍しい態度に出た。

「われわれは、空挺が組織的攻撃力を失った後も戦い続けています。何度も敵を脅かして第3梯団の到着を支えた。これ以上は高望みでしょう。むしろ、第3梯団の到着で、契約分の仕事は終了したと胸を張っても良いくらいです。困りますな、社員の前での管理職の弱気は事業を危険に晒します」

「いや、全くだ曹長。最終的に結果を出す。そのことに集中しよう！」

　また戦闘機が横切った。明らかに雲底が高くなっている。戦闘機が活躍し易い環境が戻りつつある。とは言え、敵味方が交錯すれば、爆撃も出来なくなる。そう言えば、ついさっきの爆撃にしても、もう砂浜に味方はいないはずなのだ。敵は、ただこちらを脅すためだけに、海岸を爆撃しているのかも知れない。そうだ！　そうに違いない。

　われわれはまだ行ける。増援が到着したばかりで、自分は何を弱気になっているのだ！　と中佐は自分を叱咤した。戦いは始まったばかりだ。


　寧波（ニンボー）国際空港では、解放軍を支える二機の実験機が離陸準備を進めていた。天候回復の報せを受けて、沿岸部で生き残った民間空港に集結した部隊が活動を再開していた。

　デュアルバンド・レーダーを搭載するＫＪ-600（空警-600）を開発指揮する浩菲（ハオフェイ）海軍中佐は、プロペラを回し始めたＹ-９Ｘ哨戒機の戦術航空士席で、この機体の開発者である鍾桂蘭（チオンクイラン）海軍少佐と話していた。

「貴方が飛ぶ必要はないのに。こんな浅い海峡、日本の潜水艦なんていないわよ？」

「でも台湾のそれはいる。旧式といえども水上艦にとっては脅威です。それに、もし空警機に何かあれば、自分の機体のＡＥＳＡレーダーで、空警機の任務をある程度継続できます」

「それはそうだけど。西から晴れるというのは有利よね？」

「艦隊の後退が遅すぎます！　われわれはもう海峡の航空優勢を失っているというのに、後退する艦隊を間違い無く敵は狙ってくる。七面鳥撃ちになりますよ？」

「時化が収まれば、艦船も速度は出せるし、沿岸部の防空システムのカバーも得られる。でも、ほんの二、三〇分の勝負になるわね。あちら側は、それでも危険を冒して攻撃してくるか？　もちろん仕掛けてくるでしょうけれど。お互い、あまり前に出ないようにしましょう。もう護衛機も少ない」

「私の機体はついでですけどね、先輩の空警機は、最優先目標ですよ。気を付けて下さい」

　S機関の天才研究者、張高遠（ツァンガオユエン）博士が乗り込んで来る。博士というより若造だ。

「あら博士、貴方まで乗るの？　あんなに飛行機が嫌いだったのに」

「乗らなかったことを後悔したくないですからね。中佐こそ、無茶しないで下さいよ」

「わかっているわよ、坊や」

「その坊や、そろそろ止して下さい。僕はもう仲間ですよ」

　浩中佐が機体を降りると、張博士が追い掛けてきた。

　耳をつんざくようなエンジン音の中で、博士は、何事かを大声で喚いていた。中佐は、その口元を読んで叫び返した。

「ええと！　貴方今ひょっとして、桂蘭に結婚を申し込む！　とか言った？」

　博士が真顔で頷いた。全く、この若造は、桂蘭より一〇歳は若いのに……。

「良いかもよ！　でも、そういうのは死亡フラグという奴だから、この戦争が片付くまで黙っておきなさい！」

だが、浩中佐は、祝福する笑顔で親指を立てて応援の意思を示した。二人で何度も死線を潜り抜けて来たのだ、結婚したらしばらくは持つだろう。二年とか、三年くらいは……。そこは戦場であり、たぶん墓場でもある。彼女自身は、今はたいした憧れはなかった。

離陸すると、味方の地対空ミサイル部隊のレーダー波がポツポツと入り始めた。沿岸部は守れる。敵がまたこちらの防空システムを潰しに掛かる危険はあるが、まずは艦隊潰しだろう。だとしたら、あとは、艦隊が沿岸部に滑り込めるか否かだ。

間に合うことを祈るしか無かった。

《第164海軍陸戦兵旅団》を率いる姚彦海軍少将は、前夜、台北北端の街から、兵員輸送に特化した小型潜水艦で部隊を脱出させた。そのまま台北のどこかに上陸する予定だったが、第3梯団が橋頭堡を確保した後で良いということになり、いったん沿岸部まで引き揚げた。そしてすでに上陸作戦が開始された後、ポモルニク級エア・クッション揚陸艇二隻に分乗して海峡を疾走していた。

時化のせいで本来の速度はほとんど出ない。エア・クッション艇は、基本的に露天甲板だが、この大型船は、格納庫構造になっている。格納庫の中では、外は全く見えず、もし攻撃を受けたら、船とともに兵士は沈むことになるだろう。

旅団参謀長の万仰東（ワンヤントン）大佐と、天才軍略家、作戦の神様と皆から崇められる雷炎（レイイエン）大佐の三人は、艦内ほぼ中央に置かれた指揮車両の〝猛士（モンシー）〟の後部座席で向き合っていた。

雷炎は、出発して三〇分もせずに船酔いを起こし、ゲロ袋を握りしめていた。こうなることはわかっていたので、食事は摂らなかった。栄養ゼリーだけを飲んで過ごしたので、上がって来るのは胃液だけだ。不快なことには変わりないが。

先発した第3梯団主力が上陸に成功したのかどうか全くわからなかった。それを知る術が何一つ無いのだ。

雷炎は、ゲロ袋を握りしめ、涎（よだれ）を垂らしながら、恨めしげな視線で「われわれはまんまと引っかかったんですよ……」と嘆いた。

「台湾国防部の、大がかりな戦略的詐欺に乗せられ、まんまと罠に掛かった！」

「そんな機転の利くような連中には見えないぞ？」

と万参謀長が言った。

「やれ郷土防衛隊だ、少年烈士団だと健闘を称える情報を流し続けた。よく言えば健闘だが、それはただの寡兵による苦戦です。事実、われわれは圧倒していると錯覚した。敵は今にも崩れそうだと思い、新竹や桃園攻略に執着し、躍起になった……。そうする必要がありましたか？」

「新竹は、台湾半導体の核心部で、桃園は台北の玄関口だ。それぞれに確保する理由があるだろう？　何が罠なのだ……」

と桃提督が言った。

「新竹なんて、象徴的な意味合いしか無い。桃園も、あそこを占領した所で、三峡を突破しなければ、台北には迫れない。そしてこの数日、台北は必死で首都や三峡の守りを固めた。桃園と新竹で苦戦し、いかにもあと一歩で陥落すると見せかけて第3梯団をそこにおびき寄せた。われわれはそれにはまって逐次投入の愚を犯した」

「たとえそうだとしても、今頃はもう、両都市ともに陥落して、五星紅旗が翻っているかもしれんぞ？」

「それはない。敵はバカじゃない。きっと増援が入って立て直していますよ」

「では、われわれはどこへ向かうべきなのだ？」

「台中へ向かうべきでしたね。まずは台中の防備を固めて、市民を懐柔し、中国の一部として台湾島に徐々に支配地域を確立すべきだった。だが軍は、ロシアの失敗に学び、長期化を一番嫌った。短期決戦に執着し――」

「そうは言うがな雷炎。国内は疫病が蔓延して、何ヶ月も戦争を継続出来る状況にはないぞ」

「なら、止めれば良かったんです。捲土重来、半年後、来年、やり直せば良かった」

「組織というのは、一度走り出したら、なかなか止められんものだ。われわれは、与えられた条件の中で、結果を出すしか無い」

「そうですね。問題はそれだ。われわれには時間が無かった。そのせいで、手酷い失敗を繰り返した……」

雷炎は、また胃から上がってきたものを吐き出した。胃袋がひっくり返って、今にも口から飛び出しそうだった。

大型エア・クッション艇は、撤退する艦隊とは逆に、ただ二隻、悠然と台湾の海岸線を目指した。日台両軍の出撃は、彼らの上陸を阻止するには、ほんの少し遅かった。


ど派手な紅白ペイントを施した新庄機は、午後の陽光を浴びながら台湾本島上空を飛び、海峡へと向かっていた。台中市の真上を飛ぶ。非武装都市宣言をした台中を奪い返すために陸自と台湾陸軍の合同部隊が攻略に掛かっていたはずだが、どうなっているのかの情報は一切無かった。

間もなく雲海に飛び込むので、編隊は解いてある。新庄機は単独で飛んでいた。

「少佐、先日、Ｂモードを使いましたよね？　電子妨害の裏コマンド。少佐は、この機体の全てを把握している自信はありますか?」

　新庄は、自動操縦で飛びながら、後席パイロットに話しかけた。

「まさか。私が把握しているのは、せいぜい四割くらいではないかしら」

「この機体、ドローンとして使えるモードがありますよね?」

「おっと! それはね……、トップ・シークレットというほどではないけれど、最近の米軍機には、そういう機能がだいたい入っているわよね。操縦は基本フライバイワイヤーだから、力は要らない。たぶん、ソフトウェアを何本かインストールすれば、この戦闘機は、ミサイルや爆弾を抱えたまま無人で飛べると思うわ。空対空戦闘だって、AIでやってのけるわよ。たぶん、私たち二人が判断するよりAIは素早く判断してミサイルを発射することでしょう。今のドローンは、人間がコンテナの中で操縦しているけれど、その必要も本当はない」

「では、われわれは何のために乗っているんでしょうね……」

「第一に、プログラムより人間の方が安上がりだから。第二に、敵にそのシステムがハッキングされた時に備えて。五年後、どこかでこのEX戦闘機を必要とする戦争が発生したら、私たちはきっと地上のコンテナの中で、こいつを飛ばしているはずよ。操縦に低軌道衛星のリレーを使えば、デ一タリンクのタイムラグもほとんど無い。AIに依存せずとも、お茶を飲みながら戦争ができる。われわれは、Gも、機体の揺れも感じない。たぶん空間識失調も起きないわね」

「将来、一線を退いた後に、新人パイロットを訓練する教官の姿を思い描いていたけれど、そういう時代はもう来ないですね?」

「そうね。貴方たちが最後の世代になるでしょう。戦闘機パイロットとして活躍できる最後の世代」

　敵の戦闘機はまだ出て来ない。航法システムが、雲の中に降りるよう指示してきた。このまま自動操縦でも降りられるが、新庄は、それを解除し、自ら操縦桿を握って、その乳白色の、しかし荒れ狂う雲の中に突っ込んで行った。

　新竹の街中に潜む董(ドン)三兄弟の董衍(ドンイェン)とお目付役の張偉森(ジャンウェイソン)陸軍少佐は、二〇階立ての商業ビルの最上階のゲスト用フロアに立っていた。

　周囲のビルと比較して、格段に高いわけではない。目立つわけでは無い。目立たないのが大事だった。

　ローターを六つ持つヘキサコプターをここから操縦していた。それは、89ミリの迫撃砲弾を吊り下げることが出来た。この無線状況なので、有視界での操縦しかできない。敵戦車の真上に、ドローンで迫撃弾を落とすのだ。

　戦車の最大の弱点は、ルーフ部分だ。だから最近の対戦車ミサイルは、戦車の真上に向かって飛ぶ。真上に来た瞬間、下向きに爆発して敵戦車を破壊する。

　だが、そういう攻撃方法のミサイルが流行り始めたことで、戦車は真上からの攻撃にも耐えられるよう、上面装甲には気を遣うようになった。

　董は、すでに二度、それで攻撃を成功させていた。だが、撃破したわけではない。派手な爆発が起こり、周囲にいた歩兵を巻き添えにしてたぶん戦死者も出していたが、肝心の戦車はドローンで見下ろす限りは無傷だった。目的は、戦車自体の破壊ではなく、センサーの塊と化した最近の戦車のセンサー類の破壊だった。

それを傷つけることで、戦場から離脱させることが出来た。

　高度三〇〇メートルを飛ぶドローンは、迫撃砲弾の落下時間と、戦車の進撃速度を計算して飛行する。一度ターゲット選択すると、ヘキサコプターはまるで墜落するかのように急降下を開始し、高度一五〇メートルで迫撃弾を放り出す。まず外すことはあり得なかった。

　三発目が命中すると、二キロほど離れた所から白煙が上がるのを張少佐が確認した。

「命中です。随伴歩兵が三人倒れました……」

　菫はそれを直接見ていた。

「移動しよう！　ここに長居しすぎた。ドローン投下用の対戦車弾を開発すべきだな」

「それ、勉強しましたけどね。命中した瞬間にメタル・ジェットを噴出するとか、結構大がかりになります。迫撃砲弾をシンプルに落とす方が楽だ。対人攻撃にも使える。それに、われわれがどう頑張っても、上陸部隊が押されてますよね？」

「残念だがね……。戦場は勢いが支配する。しかしまだまだだよ」

　菫は、ドローンを自動帰還モードに設定すると、コントロール・ユニットをザックに入れてその場を立ち去った。これでは、ドローンを使って要人暗殺を狙うテロリストだなと思った。さっきの戦車の随伴歩兵が助かってくれれば良いが……。

　対する西部方面戦車連隊を率いる舟木一徹一佐は、三両目撃破の報せに「どうなっているんだ！」と声を荒らげた。

　この雨のせいで、いくら空を見上げてもドローンなんて見えやしない。ローター音も聞き取れない。対象が確認できなければ、いかなる形のドローン・ディフェンダーも使う術がない。全くお手上げだった。

　ここまで、敵歩兵の対戦車ミサイルで一両が撃破され、乗組員二人が戦死。ドローン攻撃で死んだ者はいなかったが、センサー類が殺られて戦線離脱を余儀なくされた。随伴歩兵二名が即死。一〇名近くが重軽傷を負った。

　今は、守るべき車両から、最低三〇メートルは距離を取るよう命じられていた。

　だが、戦果には満足していた。軽戦車、主力戦車だけで二〇両以上を屠（ほふ）った。装甲車両に至っては、ただのネギを背負ったカモだ。相手が対戦車ミサイルをこれ見よがしに装備していようが、こちらは瞬殺だった。

　街角のあちこちに、擱座（かくざ）した敵の装甲車両が残された。無線は通じにくいが、それでもこの程度の広さなら、10式戦車のネットワーク機能が使える。偵察役の歩兵の助けも借りることで、ほぼ完勝の結果を出していた。

　舟木は、楽しみだった。財務官僚を前に、早送り無しで、これら敵車両部隊の撃破映像を全部見せてやるのだ。

　そして、「ど素人な小役人が、もう戦車は要らぬなどとバカなことをほざいてご迷惑をおかけしました」と土下座する場面を隠し撮りして部隊で回し見するのだ。


　ＥＸの新庄機は、高度を落として一二〇〇フィートまで降りた。そこまで降りなければ海面は見えなかった。

　海面は辛うじて見えたが、船舶までは見えない。しばらく西へ飛ぶと、スナイパーポッドが敵艦を捉えた。戦車揚陸艦だった。四千トン前後の古いタイプの戦車揚陸艦だった。エア・クッション艇を一隻腹に抱えているはずだ。だが速度は二〇ノットも出ないタイプだ。

　それを二隻の戦闘艦が守っていた。右側をフリゲイト、左側は少し大きい。駆逐艦だ。どちらも新鋭艦のようだ。

「マーベリック、全弾行くわよ！」とチャン少佐が声を上げた。

「了解！」

　あっという間に追い越しそうになる。発射されたマーベリック・ミサイルは、船体の形状を把握した上で、三発ともいったんそれぞれの目標の右舷側へと飛んだ。そして、右舷後方から、船体中央部分に斜め六〇度の角度で突っ込んだ。護衛の二隻は、艦橋構造物に喰らった。最後の一発は、揚陸艦の左舷側から。

　新庄は、背後にその炎を確認しながら、アフターバーナーを焚いて一気に雲の中に入ろうとした。だが、その瞬間、目前を飛ぶ敵戦闘機が見えた。

　新庄が目視発見する前に、レギオン・ポッドが見付けてくれた。J-11戦闘機、フランカー擬きだった。二機編隊で飛んでいる。

　レーダーは効かない。彼我の相対距離は五〇〇〇メートルもない。サイドワインダー・ミサイルを発射した途端、J-11はチャフ&フレアを発射してブレイクしようとした。一機は外したが、もう一機は逃げ遅れた。海面へと突っ込んで行く。

　新庄は、追い掛けようとはせずに、雲海へと上昇した。この雨は本当に上がろうとしてるのか？と疑問に感じながら。

　雲の上に出ると、台湾空軍機のF-16V、四機編隊がいた。西へと向かっていた。

「彼ら、なんでこんな所にいるんでしょう？」

「誰かを深追いしている感じね……」

　E-2D〝アドバンスド・ホークアイ〟が、J-35ステルス戦闘機四機を捉えていた。すでに、レギオン・ポッドもミサイル、戦闘機両方を捉えている。

台湾空軍機が回避行動に入るが、三機が捕まった。敵が発射したミサイルの数が多かった。一機につき四発は撃たれていた。

敵編隊がこちらを発見した。

「惹き付けますよ！」

ミサイルを撃ってくる。四発が向かってきた。たぶん、イメージ誘導タイプだ。

新庄は、「無駄玉を撃たせてご免なさいね！」と言いながら雲海へと急降下した。敵機二機も雲海につっ込んでE－2Dのレーダーから消えた。

新庄は、上空を飛んでいる二機のJ－35の背後に出る時間を計算しながら、徐々に高度を戻し、かつ旋回し始める。雲の上に出た瞬間、敵機の背後を取っていることになる。

雲上に出た途端、レギオン・ポッドが敵二機を捕捉する。アムラーム・ミサイルを撃とうとした瞬間だった。チャンが「デッド・シックス！――」と叫んだ。

突然、真後ろにJ－35戦闘機が現れた。ほんの二百メートル後方、あやうく衝突する所だった。

敵は、バルカン砲を撃つ暇も無く、こちらをオーバーシュートして、逆に新庄機がデッドシックス、つまり真後ろを取る形になった。

「昨日のあいつだ！――」

敵もやるもんだ。こっちの戦法を見透かしていた。バルカン砲でやってやる！　敵が急旋回してロックオンを外す。だが雲海に入ろうとはしなかった。

「止めた方が良い！　雲に入って、この数の差では、敵の戦法の自由度で負ける！」

「了解――」

悔しいがその通りだ。囮役の戦闘機は撃墜できるかも知れないが、こちらも確実に殺られるだろう。

新庄は雲海につっ込んで海岸線まで退避した。

対するJ-35戦闘機隊を率いる火子介(フォツージェ)海軍中佐は、雲海に消えて行く敵戦闘機を見ながら、なんて奴だ！……、と感心した。あのど派手なペイントで飛ぶパイロットは、きっと自信過剰なタイプだろうと思った。こんな戦法をとったら、それなりに引っかかって最後はこちらの罠に落ちるはずだ。だが意外にも潔いところがある。一対四の戦いは不利だと悟って、さっさとブレイクした。熱くならず、沈着冷静なパイロットのようだ。

だが、次こそは撃墜してやるぞ……、と誓った。

土門と頼(ライ)中佐が乗った〝メグ〟は、護衛部隊を引き連れてサイエンスパーク隣の交通大学の森に入った。〝ベス〟の隣に止まる頃には、雨はだいぶ小降りになっていた。

〝ベス〟に乗り込むと、腕組みした司馬一佐が「全く！　遅かったじゃないの？」とぼやいた。

土門は、苦笑いして、「ま、お元気で何より……」と応じた。司馬の後ろで、王(ワン)少佐が、こういう人ですから……、という顔で頭を下げた。

「フミオは、私の店で会ったことがあるわよね」

「戦闘服を着ているなんてびっくりだけどね」と土門が王のほうに顔を向けた。

「ただのコスプレですから」

と王は慣れない敬礼をして見せた。

土門が、頼中佐を紹介した。

「やだわ。私、ただの通訳のおばさんなのに？」

「ああ、濁水系で彼女の部隊をバヨネット一本で救ったんだっけ？」

「そこは事実です」

頼中佐は、畏まった敬礼をした。

隣の作戦用テーブルでは、早速王と頼が、状況の検討に入っていた。現状認識としては、とにかく全滅を回避して、敵と対峙しつつありというレベルだ。有利に戦っていると言えるかどうか怪しかった。


「度々ご迷惑をおかけします、大佐！」

「ほんとそうよ。貴方に言っても仕方無いけれど、これ、自衛隊の仕事だと思う？」

「申し訳ありませんとしか……」

「ええ。では陸将補、部隊をお返しします。ここから後は、全部貴方が指揮を取って。私は、一眠りさせてもらいますから」

「了解。ガル、状況はどうか？」

「無線、徐々に回復しつつあり、雨も間もなく上がるでしょう。敵のドローンに手を焼いていることを除けば……、という所です。全滅前に間に合って良かった。信じてましたよ」

「何かお茶をくれ。立ちっぱなしで疲れた。戦死者を出しつつの到着だ。甘くは無いぞ。それに、台中に陣取った敵も心配だ。このまま大人しく降伏するとも思えない。ホバーバイク隊への警告を出せ。あれは一台、というか一機でも脅威だ」

第八章　キル・ゾーン

タイプ052C旅洋Ⅱ型駆逐艦〝西安〟（七五〇〇トン）は、右舷側から黒煙を上げつつも、タイプ054A江凱Ⅱ型フリゲイト〝南通〟（四〇五〇トン）にゆっくりと接近した。

〝南通〟も右舷側から黒煙を上げている。ともにマーベリックを右舷側艦橋構造物に喰らったのだ。〝西安〟は、その大きさのお陰でダメコンに成功していた。火災は間もなく収まるだろう。たまたま戦闘指揮所のハッチが開いた瞬間で、それを開けた士官が一人ハッチごと吹き飛ばされて死んだが、幸い戦闘指揮所のシステム自体は無事だった。

だが〝南通〟は、機関推力を失いつつあった。

〝西安〟の艦長、銭語堂大佐は、ウイングに出ると、〝南通〟艦長の銭国慶中佐にウォーキートーキーで呼びかけた。二人は、表向きは従兄弟ということになっていたが、兄弟だった。生まれた頃、中国は厳しい一人っ子政策を採っており、弟はこっそり養子に出されたのだ。

「国慶、こちらで曳航する。準備しろ」

「いや、兄さん大丈夫だ。揚陸艦に曳航させる」

「冗談はよせ。あっちは一発も喰らっているのに」

「いや、あれは空荷だった。エア・クッション艇も沿岸で失ったし。だから、機関回りは無事らしい。艦長は曳航できると言っている」

「わかった。雨が上がればレーダーも無線も使える。助けも求められるし、俺の艦で防空も出来る」

「無茶は良い！　さっさと脱出しろ！　曳航なんてほんの数ノットしか出ない。そんな新鋭艦で危険を冒すな。煙を吐きながら、的になるだけだぞ」

「守ってみせる。心配するな。兄弟だからではない。その艦も乗組員も貴重だからだ！」

向こうは艦対艦ミサイルの発射筒が吹き飛んでいたが、あの場で爆発せず発射筒が吹き飛んだのは、そういう安全設計だからだ。

本艦もあっちも、さすが最新鋭だ。これが一世代古ければ、今頃あちこちで誘爆が起こって沈んでいることだろう。なんとしても連れ帰らねばならない。台湾軍は、損傷しているからと容赦はしないだろう。逆に、この機会を逃すまいと襲って来るはずだ。

味方艦隊なり戦闘機が現れて、守ってくれることを祈るしか無かった。そうやって、何隻何十隻もの艦艇が、傷つきながらも大陸へと向けて引き返しつつあった。


第三即機連機動戦闘車中隊長の山崎薫三佐は、巨大な倉庫の中に日台両軍合同指揮所を設けていた。キル・ゾーンの中だったが、かなり空港寄りの施設だ。

大陸との交通を当て込んだ巨大倉庫で、平和な時代は、大陸から空輸されてくる生活物資で満たされていたそうだ。今はがらんとしている。

キル・ゾーンの向こうでは、激しい銃撃戦が続いていた。台湾軍海兵隊が応戦しつつ下がってくる。解放軍には機関砲を搭載した装甲車も残っている。それを潰すために、軽ＭＡＴを持った即機連の普通科隊員も出ていた。

指揮所を開いたそばから、負傷兵が担ぎ込まれてくる。負傷兵を後送するため、96式装輪装甲車を一両割いて頼筱喬（ライシャオチャオ）臨時少尉を乗り込ませた。

キドセンを前に出して応戦したいが、出すな、絶対出るな！　という命令だった。でなければ罠の意味がないからと。

雨は、小降りというほどではないが、一時の豪雨よりは楽になっている。だが、溜池が何カ所も溢れたせいで、道路は水浸しだ。日本風に言えば、床下浸水状況だ。

あちこちに塹壕が掘られていたが、もちろん冠水状態。塹壕に落ちないよう注意してくれとの警告を受けたが、無理な話だ。足下は泥水で地面は見えない。昨日、少年兵らが立て籠もった滑走路沿いの塹壕も完全に水没したと聞いた。

96式装甲車が何往復もして、日台両軍、時々解放軍の負傷兵も運び込んでくる。救護所もそこに設けた。負傷兵から情報を聞き出せる。臨時少尉は、この過酷な状況に立派に耐えていた。

痛みに喚き散らす負傷兵を宥めながら、話を聞き出すのだ。

海兵隊アイアン・フォース情報参謀の呉金福（ウージンフー）少佐が、台湾軍側の指揮を命じられていた。

「少佐！　これは忍耐の限界だぞ。ＭＣＶを前進させるべきだ」

「いいえ、駄目です！　中佐。そんなことをしたらこれまでの犠牲が全て無駄になる。耐えて下さい。辛いのは皆一緒です。犠牲を払っているのは自分の仲間たちです」

「そうかもしれんが、そろそろわれわれの存在も敵は知っただろう」

「ええ。でも敵は、ＭＣＶが出て来ないことには何か事情があると考えるはずです。われわれは徐々に下がって、いないはず、あるいはトラブルで動かないのではと。そう思い込んでいる所に、MCVに奇襲させるんです！」

無線機が北京語で喚き散らしている。

「呼ばれています。行って来ます！」と負傷兵の手を握っていた筱喬が立ち上がり、陸自のメディック・バックを担いだ。

「いや、臨時少尉さん。さすがにもう止めなさい！　民間人がいるべき場所じゃない。今となっては避難も危険だが――」

と山崎が押しとどめた。

「日本人だけに危険なことをさせて、台湾人に止めろとか、差別です！　私が女だからそんなことを仰るのですか！」

と筱喬は怒鳴り返した。

「そうじゃないが……、少佐、何とか言ってやれ」

日本語でのやりとりだったが、呉少佐は、内容は察した。英語で言い返した。

「済みません中佐。台湾人としての義務を果たさせます。民間人も軍人もない！　ここでは少年だって戦っているんです。行って来い！」

「はい！――」

と筱喬は、96式装輪装甲車へと走った。だが、彼女が後部ハッチから乗り込もうとした瞬間、倉庫の入り口を警備していた自衛官と海兵隊員が銃撃で倒された。何かが倉庫内に入ってきたが、倉庫の中は暗い。入り口との極端な明暗差で、何者が入って来たのか一瞬わからなかった。

だが次の瞬間、赤いレーザー光線が倉庫内を走った。

「ケルベロス！」

ケルベロスは、96式とキドセンに向けてショットガンを発砲した。筱喬がキャー！　と悲鳴を上げる。96式の背後、指揮所の前にキドセンが置いてある。

ハッチから顔を出した操縦手が「主砲、撃ちます！」と叫んだ。

「駄目だ、駄目だ！　待て——」

山崎は、奇異に思った。いったいこれは……。むしろ、キドセンは運転席のハッチから首を出していた操縦士を狙うべきなのにそうしなかった。なぜだ？……。

そうか！　こいつは、銃に反応するのか？　銃の口径やそれを持つ兵士に反応するのだ。

全員が、その場で一瞬、固まった。

「少佐、囮になる度胸はあるか？」と、走ってもらいたい方角を指差した。

「もちろん！」

「よし！　今だ——」

山崎は、筱喬がへたり込む脇を抜けて96式のキャビンに飛び込む。呉少佐は、両手を頭上で振りながら「こっちだ！　ロボット野郎め——」と装甲車と逆方向へと駆け出した。

その隙に、山崎は、96式のルーフから、車載銃のM2の把手を握って、顔を出した。

ケルベロスは、山崎の存在を認知し、まず首を回し、続いて呉少佐に向いていた胴体、つまり銃口を装甲車に向けようと修正した。だが、それにはほんの一、二秒、時間が掛かった。

山崎が銃口を向けて撃ちまくった。倉庫の中まで浸水しているせいで激しい水柱が立った。その水柱のせいで、ケルベロスはしばらく視界を喪失した。そして、孔だらけになり、リチウムイオンに火が点いて爆発した。

「くそっ！　こいつどこから現れたんだ……」

軍用ロボット犬が動き回っているという情報は得ていたが、それによる負傷兵はまだ担ぎ込まれてはいなかった。

シャッター脇で倒れている隊員、台湾軍の兵士を担ぎ入れる。山崎は、重機関銃の弾薬箱を交換して走るよう命じた。筱喬に「気を付けて！」と普通科隊員とともに送り出した。

雷炎（レイイエン）大佐は、上下に激しく揺れる感覚で眼が覚めた。猛士の後部座席でしばらく気を失っていたのだ。

ドアが開き姚（ヤオ）少将が、「着いたぞ大佐！　降りた方が良い。いろいろ的になる」と告げた。

「台北ですか？」と答えながら、雷大佐は、砂地に転げ出るように降りた。雨粒が頬を叩き、軍靴が砂地にめり込む。東沙島に上陸する羽目になった悪夢が蘇りそうだった。

「そうだな。そんなに遠くはないだろう。陽明山よりは遠いが、三〇万の兵隊が土地をひっくり返して孔だらけにして守る台北まで、高速鉄道なら四〇分も掛からないぞ。動いていれば良いが……」

「貴方は喜劇役者になれる」

副官役の程帥（チェンシュアイ）技術中尉が、「さっさと起きて！」と雷大佐に冷たく言い放った。

突然、爆音が耳をつんざき、戦闘機が降りて来る。沖合へと引き揚げて行く大型エア・クッション艇に向けて、バルカン砲を撃ち込んでいた。

「真面目な話、早く海岸から離れないと、今にもロケット弾とか飛んで来るぞ。程中尉、ＭＡＮＥＴは展開できるか？」

「出来ますが、今はまだ意味がありません。本国と回線が繋がらないので。晴れてくれば貢献できます」

姚が、雷炎に手を貸してやった。

「装備は新品。兵も補充され、しかも名誉なことにな、この辺り一帯に上陸した空挺兵、陸軍兵、全部隊全員、そして民間軍事会社を、君の指揮下に入れるから好きに使えとのことだ。つまり天才軍師・雷炎が好きに使って良いということだぞ」

　頭がくらくらして、雷炎は砂地の上に胃液を吐いた。

「敵を教えて下さい……。敵の居場所を！　自分が白旗を振って、降伏の使者となります！」

「それは拙いぞ。部隊に貢献してくれた君を後ろから撃ちたくはない」

「みんな死にます！　みんな。兵隊が何十万と死ぬ！」

「その意義はある。台湾を屈服させることで、中国の覇権は完成する。逆に台湾を見捨てたことで、いよいよアメリカ帝国の覇権の旗は引きずり降ろされるのだ。一世紀に及んだ地球に対する西欧支配が終わるのだぞ。たかが一〇万二〇万の犠牲が何だというのだ！　さあ立て雷炎！　われわれは勝利へ向けて前進する」

　姚は、仮に自分がここで戦死しても、どこかに銅像のひとつくらい建つだろうと思った。その偉業は、誰かが中国の覇権を奪いにくるまで、また百年かそこいらは顕彰されることになる。それで十分満足だった。兵の犠牲も報われる。

「さあ、前線を立て直し、敵の防御ラインを突破するぞ！　皆、走れ走れ！　陽明山上陸時の、あの勢いだ！」

　兵士達は、文字通り仲間の死体を越えて前進し始めた。桃園国際空港は、ほんの目と鼻の先だ。その海岸線から五キロも無かった。敵の防御網はズタズタで、守る兵隊も寡兵。これで突破できなければ、われわれは底抜けの無能。覇権を握る資格もないということだ。

　雷炎は、兵隊二人に両脇を支えられながら強引に走らされた。その口が、「罠だ、これは罠だ……」と呟いていた。

遠くから、ヘリコプターのローター音が響いてくる。早速ここで全滅だぁ……。と脱力した。

AH-64E〝アパッチ・ガーディアン〟戦闘ヘリを操縦する藍(ラン)大尉と田(ティエン)少尉は、海岸線に沿って北上していた。

左手海上に、大型のエア・クッション艇が見えていたが、すぐ視界から遠ざかっていった。あれは敵がウクライナから買ったものだ。中国は、ウクライナを巡る戦争では、明らかにロシア寄りの態度を取った。この後、ウクライナと中国の関係はどうなるのだろうと一瞬思った。ということは、ウクライナは当然西側べったりになる。米中デカップリングの影響を受けて、中国との関係は疎遠になるのだろうか。

あれだけの軍事援助をアメリカから受けていて、アメリカと戦うための武器を中国に輸出するなんて出来ないだろう。

「エア・クッション艇、追わなくて良いのですね?」

「必要なら空軍が攻撃するでしょう。われわれは上陸した敵を……」

と思ったが、砂浜にもう敵はいなかった。

「老街渓(ラオジエシー)の中州に取り付いたみたいですね。最短距離で工場街に入れる。攻撃してみますか?」

「無理よ。味方の海兵隊があちこちに潜んで遅滞行動を取り、敵を足止めしているそうだから。残念ですが、いったんベースまで戻りましょう。編隊長機も整備中のことだし。単独行動はミスの元よ」

雨が上がりつつある。そこいら中に敵兵が潜んでいて、MANPADSで狙ってくる恐れがあった。ルートを選んで慎重に引き返す必要があった。

頼筱喬が乗った96式装甲車は、民生路を左折した民権路（ミンチェンルー）に入っていた。この辺りは、中小企業というには立派なビルが建ち並ぶ工場街だ。その一角のビルとビルの隙間に、負傷兵が何人も寝かされていた。彼らは雨に打たれたまま寝かされている。

すぐそばで激しい銃撃音が交わされている。なんでこんな所に負傷兵が置き去りにされているのか理解できなかった。

敵の装甲車両の発砲音やエンジン音まで聞こえてくる。

海兵隊の少尉が、負傷兵を装甲車に運び込むよう指揮していた。

「なんでこんな所でぐずぐずしているんですか！」

と筱喬は文句を言った。

「つい一〇分前まではここは安全だったんだ。あっという間に押し込まれた。新手が雪崩のように押し寄せた。早く逃げなさい！」

言っているそばから、96式装甲車のM2が火を噴いた。だが、すぐ制圧された。自衛隊員がキャビンに頽（くずお）れた。

車体にバチバチと命中して火花が散り、孔が空いた。これが噂の自衛隊車両の紙装甲という奴か……。司馬のおばさんから聞いたことがあった。

王一傑（ワンイージェ）少尉が、自らアサルトを持って撃ち始めた。道路を渡ってこちらに向かってくる部下らに「下がれ！　下がれ！　来るな――」と命じている。

だが少尉が、胸に弾を受けてその場でひっくり返った。それが最後だった。胸から煙りが出ている。少尉は、防弾プレートに命中したようだが、衝撃で銃を放り出していた。

たちまち解放軍兵士に囲まれた。

筱喬はその場に跪き、降伏する印に、両手を高く掲げた。

腹ばいにされた王が「撃つな！　撃つな！」と叫んでいる。兵士らが銃口を向けて時々、足蹴りを食らわせていた。

だが少尉はめげずに叫び続けていた。負傷兵だけをこのまま後送させろ！　と。

何人かがまた新たに現れた。

「これは、自衛隊車両に自衛隊員か？」

姚少将は、その装甲車の中を珍しそうに覗き込みながら言った。王少尉はその男が誰かもわからずに話しかけた。

「助けてやれ！　彼らはただの負傷兵だ。解放軍兵士もそこに二人居るだろう！　行かせてやれ。われわれ二人は、士官だ！　海兵隊と自衛隊の士官だ。捕虜にすれば指揮官が喜ぶぞ。だが負傷兵はお荷物になるだけだ。行かせてやれ！」

「まあ、別に私は嬉しくはないがな……」

と姚は王少尉を立たせた。

「だが少尉。われわれは八路軍（パールー）の規律を受け継ぐ軍隊だ。君たちが、同胞兵士を救おうとしたことに敬意を表して、そのM2重機関銃だけ頂戴してさっさと消えてもらおう。君たち二人が有益な情報を提供してくれることを望むよ。でないと兵が不機嫌になる」

筱喬は、無言のまま、じっとその男の瞳を覗き込んだ。自分が自衛隊員でも士官でもなく、ただの民間人だと知ったら、彼は怒るだろうな、と思った。自分には、欠片ほども捕虜の価値はないのだ。

キル・ゾーンを巡る攻防は、今始まろうとしていた。

蔡怡叡中尉は、何かの鳥の鳴き声で目を覚ました。穏やかな西陽が何かに反射し、白い天井を照らしていた。一瞬、ここは天国だろうか？　と思った。

目玉を左右に振ると、輸液パックの柱が見えた。それから、何か雑誌の頁をめくる音がした。恐る恐る首を動かし、バイタル・センサーが付けられた右手を挙げようとしたが、なかなか力が入らなかった。

相手が気付いて、「あら、起きたの！」と北京語で呼びかけて壁際の椅子から立ち上がった。その時、読んでいた雑誌の表紙がちらと見えた。科学雑誌、というより科学論文雑誌の『ネイチャー』だった。

「気分はどう？」

「ええ……。ここ天国かしら？」

「そうね。戦場を離れられれば、どこでも天国よ」

自分より少し年上の、いかにもインテリそうな美人だ……。

「私のダーリンから、貴方の御世話をするように命じられまして、で私がここにいます。後で主治医を呼んで説明してもらいますが、CTは撮ったそうです。他に血腫は無く、手術は、工業用のドリルやノコギリで行われたにしては完璧な措置で、ぜひ、その手術をやってのけたドクターを当病院に招き入れたいとのことです。そりゃ当然よね。ダーリンが補佐してのオペですから。つまり貴方は、あとはここでただ休んで、平和が訪れるのを待てば良いということです」

「戦争はどうなりました？」

「情報は何もありません。一進一退なのかしらん……。ま、ダーリンが台湾の味方だから、当然台湾が勝つわよ」

ダーリン、ダーリンと、この人は何なのだろうか……。少し尋常ではない愛情表現の気がした。

「大尉殿に北京語を教えているのは……」

「ご免なさいね。私、みんなから非難されているの。貴方はそんなに天才なのに、語学教師としては全く駄目だと。正直、打ちのめされます。コーヒーでも飲む？　外にコンビニがあるから買ってくるけど？」

「結構です。病人にカフェインとかの刺激物は……」

「そう？　でも明日の朝には、きっとコーヒーだのラテだのが欲しくなっているわよ。正直、私、退屈していたの。ダーリンの職場に籠もって、どこで盗聴したのか北京語の無線の解読とかやらされていたから。天才の頭脳の使い捨てだわ。とりあえず、休んで下さい。先生に、眼が覚めたことを報告してきますから」

女性は、雑誌を椅子の上に置くと、ポーチを持って出て行った。あの大尉さんもそれなりに変人だと思ったが、この奥さんは、変人として一線を越えている……、と思った。

エピローグ

上海・上海大学宝山校区に隣接する中学校の校舎の一階で、国内安全保衛局の蘇躍（スウユエ）警視は、廊下に並べられた机の上に横たわる遺体を見下ろしていた。

防護服を着た兵士たちが、死体袋を配っている。それなりの埋葬を望むなら家族の手によってこれに死体を入れ、玄関に積み上げろという命令だった。

地元上海支局の秦卓凡（チィンチゥオファン）二級警督（警部）が、今一度、首筋、手首で脈拍を測り、最後に、バイタル・センサーで右手の人差し指を挟んで、四度目の死亡確認をした。

「警視とは、良い関係になる女性だと思いました。自分にはちょっと高望みでしたね……」

二人とも、マスクこそしていたが、他は普段着だ。彼らはすでに中東呼吸器症候群（MERS）に感染していた。蘇は、すでに三八度台の熱を出している。時々咳き込んだ。まだ若い秦警部は、熱がじりじりと上がっている。

ここ上海に端を発したＭＥＲＳの蔓延を、結局党は抑え込みに失敗した。コロナ禍三年目に発生した大混乱の再現を嫌がった党は、結局、全国規模の厳しいロックダウン措置を執れなかった。

病院は感染者で溢れ、治療を受けられない人民たちは、学校などの公共施設に収容され、そこで糞尿を垂れ流し、ウイルスをまき散らしながら、誰に世話されるでもなく惨めに死んで行った。

科学院武漢病毒研究所の主任研究員・馬麗夢（マリーモン）博士は、抑え込みに失敗したことがわかると、研究員から医師へと仕事を変えた。ここ上海に留まり、二四時間寝ずに、懸命に感染者の治療を続けたが、この三週間の間に、あっという間に変異種が誕生し、それは三週間前、豪華客船内で発生したタイプの何十倍も毒性を増していた。

真っ先に馬博士が感染して倒れた。

「せめて、博士の遺体を家族の元に返してあげたかったですね」

「そのために多くの人間が遺体搬送に関わることになる。無名の市民としてどこかに掘られた巨大な穴に、人民と一緒に放り込まれたからと言って、彼女は別に恨まないさ。研究者としての彼女の理想を尊重しよう」

「許文龍（シュウェンロン）氏に電話一本入れれば、特効薬くらい手に入るのではないですか？」

「特効薬が無いから、この感染力だろう。私は十分に生きた。死ぬ最後の瞬間まで、あんな奴に媚びたくはない。ここでの戦争に比べれば、解放軍が台湾でやっていることなど、児戯のようなものだがな」

遺体袋に博士を納めるために身体を動かしたが、蘇はたちまち呼吸困難に陥り、マスクを外した。もはやそれは、単に他人への感染を防ぐためだけのものに過ぎなかった。

コロナの軽く十倍以上の致死率だ。恐らく一億を越える死者が出る。そしてその感染は世界へと拡大し、今度こそ、世界経済を潰滅させるだろうと思った。

シンガポール――、アメリカ大使館を出たクリーニング・サービス店のワゴンを、ネピア通りで、中国人たちが取り囲んで停めさせた。

それは、大使館警備に当たっている米国海兵隊員からもまる見えだったが、男達は構わなかった。洗濯物を入れた巨大な布袋を全て路上に放り出し、中身を高速上にぶちまけた。だが、捜し物は無かった。

国連難民高等弁務官事務所（UNHCR）・上級顧問にして、今は日本大使館平和交渉特命全権大使の肩書きを持つ西園寺照實（さいおんじてるみ）は、大使館の公用車から降りると、マスクをしてその集団に近づいた。中国大使館の旗を立てた公用車が、このワゴンの前に止まっていた。

ここシンガポールでも、感染者がすでに出始めていた。ロックダウンが国民、居住者に命じられ、路上を行き交う車は、基本的に公用車のみだ。

スモークドガラスのアウディの後部座席窓をコツコツと叩くと、運転手が車を降り、そのドアを開けてくれた。

インターポール・反テロ調整室（RTCN）のRTCN代表統括官の許文龍警視正が、バックシートに一人で座っていた。中南海入りが確実視されている、ソルボンヌ大留学の次世代のリーダーだった。

「警視正、いくら何でも、他国大使館に出入りする車を全て止め、誰が乗っているかを強引に暴く権利は誰にも無い。中国政府はもとより、インターポールにも」

「国民の一割がこの疫病で死ぬ、中国やロシアが裏で画策した疫病で自国民の一割が死ぬとわかっても、貴方はその冷静さを保てますか？」

「行為の結果が変わらないとしたら、私はやらない。人民を救いたいのであれば、まずは戦争を止めるべきだ」

「残念だが、自分にその力はない……」

西園寺は、自分のスマホを出すと、一枚の写真を許に見せた。ここシンガポールで撮られたもので、有名ホテルの一角が背景に写り込んでいる。東洋系の中年女性が映っていた。

「いったい、どこで！」

と許は驚いた。

「アメリカを納得させるのに、気が遠くなるような日数と手間を掛けたとだけ言おう」

「彼女こそ、上海で、テロリストと接触してウイルスを拡散させた張本人だ！」

「すぐそこの、タングリング・ゲートからボタニック・ガーデンに入ってくれ。君一人で。君のためにゲートを開けてもらった。言うまでも無いが、あちこちにアメリカの情報員が潜んで見張っている。ここで銃撃戦は困る。これは、貴方に、和平交渉のテーブルについてもらうための手数料だ。彼女は別に、大使館に立て籠もっていたわけではない。どこかのホテルでたぶん、ロックダウン生活を送っていたのだと思う。出来れば、穏やかに話してくれ。彼女も辛い経験をしたらしい」

許は、車を降りると、部下に早口でここで待つよう命じ、護衛も付けずに一人で走り出した。その公園の入り口まで二〇〇メートルも無かった。

平時なら、シンガポールで暮らす各国外交官らが、ランチや散歩を楽しむ巨大公園だ。

入り口を入ってすぐに、ポツンと置かれたベンチがあった。そこに、この二週間、必死で探し回った女性がいた。

許は、その女性の前に立った。

「貴方の名前がどうしてもわからなかった。もちろん所属すらも」

「それは、大事なことかしら？」

「もちろん、われわれにとってとても重大なことだ」

許が北京語で話しかけると、相手も北京語で応じた。ネイティブの発音では無いが、恐らく在米二世だろうと思った。

二人分の間隔を置いて、隣に腰を下ろした。

「貴方は、人類史上最も多くの人間を殺戮した個人、そして中国人ということになるな?」

「私を責める権利は貴方たちには無い」

女性は、スマホを出すと、女の子の誕生日に撮ったらしい家族三人の平和な写真を見せた。

「夫は、コロナであっという間に死んだ。娘は、サッカーが好きだったけれど、ワクチンが完成したというニュースを聞きながら、肺の海に溺れて死んでいった。私は、亡くなった娘を抱きしめてやることも出来なかったわ……」

「今頃、何を言っているんだ! そんなことで中国が責められる理由はない。あれはただの天災みたいなものだ」

「あれは、明らかに兵器級のウイルスだった。季節性はなく、ステルス感染を繰り返す。どこかの研究施設で、誰かが意図的に創り出したものよ。そして、小遣い稼ぎに何者かが、研究施設の実験動物を市場で売っていた」

許は、一瞬、口を開けて言葉に詰まった。

このバイオテロが、アメリカによって仕掛けられたと解った時、では、その動機は何だ? と皆が引っかかった。単なる復讐ではないか? という意見はあるにはあったが、アメリカという文明国が、そんな野蛮なことをするだろうか? と誰も真に受けなかった。

だが、事実はいつも単純で過酷なものだ。

「……そんな陰謀論で、貴方は個人的な復讐を果たそうとしたのか?」

「そうかしら？　百万人もの、何の罪も無いアメリカ人が死んだのよ。アメリカが、貴方たちの罪を見逃すと思ったの？」

「馬鹿げている！　そんな安っぽい陰謀論を真に受けて、君らは中国に報復するために、こんなジェノサイドをやってのけたというのか？　なら言わせてもらうが、その研究所の設計図を描き、研究費を出して共同研究を続けていたのはアメリカの大学だぞ？　あるいはフランスの研究所だ」

「私たちの手もまた、血で汚れている。それは認めるわ……。でも、私は、選ばせてやることにしたの。中南海の指導部に。人口の一割を死なせて中国経済に止めを刺し、挙げ句に台湾でもボロ負けして共産党政権に止めを刺すか、さっさと戦争を止め、台湾から撤退し、しかるべき謝罪と賠償をして世界経済に復活するか」

「プーチンは、そんな無茶な要求を聞き入れたか？」

「あら？……。中国人は、ロシア人より賢明なのでしょう？　覇権を握りたいと思うなら、ほんの一瞬の痛みで終わる。私の痛みは、一生続くけれど。選ばせてあげるわ」

女性は、微かな微笑みでそれを告げた。自分は、やるべきことをやったのだという自信に満ちていた。

この女はどうかしているぞ！……、こんなふざけた話を、自分は北京に伝えなければならないのか、と許は絶望するしかなかった。


〈十巻へ続く〉

ご感想・ご意見は
下記中央公論新社住所、または
e-mail：cnovels@chuko.co.jpまで
お送りください。

C★NOVELS

台湾侵攻(たいわんしんこう)9
――ドローン戦争(せんそう)

2023年2月25日　初版発行

著　者　大石英司(おおいしえいじ)

発行者　安部順一

発行所　中央公論新社
〒100-8152　東京都千代田区大手町1-7-1
電話　販売 03-5299-1730　編集 03-5299-1930
URL https://www.chuko.co.jp/

ＤＴＰ　平面惑星

印　刷　三晃印刷（本文）
大熊整美堂（カバー・表紙）

製　本　小泉製本

Published by CHUOKORON-SHINSHA, INC.
Printed in Japan　ISBN978-4-12-501462-3 C0293

台湾侵攻 1
最後通牒

大石英司

人民解放軍が大艦隊による台湾侵攻を開始した。一方、中国の特殊部隊の暗躍でブラックアウトした東京にもミサイルが着弾……日本・台湾・米国の連合軍は中国の大攻勢を食い止められるのか！

ISBN978-4-12-501445-6 C0293　1000円　　カバーイラスト　安田忠幸

台湾侵攻 2
着上陸侵攻

大石英司

台湾西岸に上陸した人民解放軍２万人を殲滅した台湾軍に、軍神・雷炎擁する部隊が奇襲を仕掛ける——邦人退避任務に〈サイレント・コア〉原田小隊も出動し、ついに司馬光がバヨネットを握る！

ISBN978-4-12-501447-0 C0293　1000円　　カバーイラスト　安田忠幸

台湾侵攻 3
電撃戦

大石英司

台湾鐵軍部隊の猛攻を躱した、軍神雷炎擁する人民解放軍第164海軍陸戦兵旅団。舞台は、自然保護区と高層ビル群が隣り合う紅樹林地区へ。後に「地獄の夜」と呼ばれる最低最悪の激戦が始まる！

ISBN978-4-12-501449-4 C0293　1000円　　カバーイラスト　安田忠幸

台湾侵攻 4
第2梯団上陸

大石英司

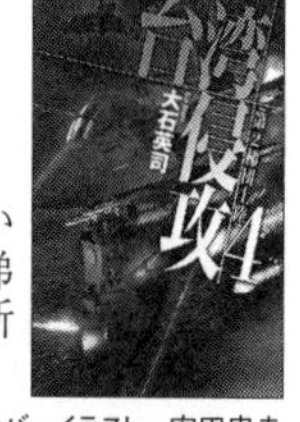

決死の作戦で「紅樹林の地獄の夜」を辛くも凌いだ台湾軍。しかし、圧倒的物量を誇る中国第２梯団が台湾南西部に到着する。その頃日本には、新たに12発もの弾道弾が向かっていた——。

ISBN978-4-12-501451-7 C0293　1000円　　カバーイラスト　安田忠幸

表示価格には税を含みません

台湾侵攻 5
空中機動旅団

大石英司

驚異的な機動力を誇る空中機動旅団の投入により、台湾中部の濁水渓戦線を制した人民解放軍。人口300万人を抱える台中市に第２梯団が迫る中、日本からコンビニ支援部隊が上陸しつつあった。

ISBN978-4-12-501453-1 C0293　1000円

カバーイラスト　安田忠幸

台湾侵攻 6
日本参戦

大石英司

台中市陥落を受け、ついに日本が動き出した。水陸機動団ほか諸部隊を、海空と連動して台湾に上陸させる計画を策定する。人民解放軍を驚愕させるその作戦の名は、玉山（ユイシャン）――。

ISBN978-4-12-501455-5 C0293　1000円

カバーイラスト　安田忠幸

台湾侵攻 7
首都侵攻

大石英司

時を同じくして､土門率いる水機団と“サイレント・コア”部隊、そして人民解放軍の空挺兵が台湾に降り立った。戦闘の焦点は台北近郊、少年烈士団が詰める桃園国際空港エリアへ――！

ISBN978-4-12-501458-6 C0293　1000円

カバーイラスト　安田忠幸

台湾侵攻 8
戦争の犬たち

大石英司

奇妙な膠着状態を見せる新竹地区にサイレント・コア原田小隊が到着、その頃、少年烈士団が詰める桃園国際空港には、中国の傭兵部隊がＡＩ制御の新たな殺人兵器を投入しようとしていた……

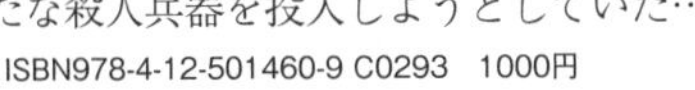
ISBN978-4-12-501460-9 C0293　1000円

カバーイラスト　安田忠幸